JN051175

鬼火(上)

マイクル・コナリー｜古沢嘉通 訳

講談社

ハリー・ボッシュに命を吹きこんでくれた
タイタス・ウェリヴァーに。
しがみつけ。

THE NIGHT FIRE
By Michael Connelly

This edition published by arrangement with
Little, Brown and Company (Inc.),
New York, New York, USA
Through Tuttle-Mori Agency, Inc., Tokyo

目次

鬼火（上）

●主な登場人物〈鬼火　上巻〉

ハリー・ボッシュ　元ロス市警敏腕刑事

レネイ・バラード　ロス市警ハリウッド分署深夜勤務担当刑事

マデリン（マディ）　ボッシュの愛娘　チャップマン大学学生

ミッキー・ハラー　リンカーン弁護士　ボッシュの異母弟

ジョン・ジャック・トンプスン　ロス市警ハリウッド分署殺人課元刑事　殺人事件捜査に関するボッシュの師

マーガレット・トンプスン　ジョン・ジャックの妻

スタン・〝レリック〟・ドヴォレク　ロス市警ハリウッド分署パトロール隊巡査部長

ヌチオ　ロサンジェルス消防局消防士　放火班上級調査官

スペルマン　ロサンジェルス消防局消防士

ワシントン　ロス市警ハリウッド分署警部補　第三直（深夜勤務）当直指揮官

ジョン・ヒルトン　一九九〇年の未解決殺人事件被害者（享年二十四）

ジョージ・ハンター　ヒルトン殺人事件の捜査担当刑事

マクスウェル・タリス　ハンターのパートナー

ウォルター・モンゴメリー　殺害された上級裁判事

ポール・ファルコーネ　モンゴメリー判事殺害事件裁判担当判事

スーザン・サルダーノ　ロス郡地区検事局検事補

ジェフリー・ハーシュタット　モンゴメリー判事殺害事件裁判被告

ジェリー・ガスタフスン　ロス市警刑事　モンゴメリー判事殺害事件捜査担当刑事

オーランド・レイエス　ロス市警強盗殺人課刑事　ガスタフスンのパートナー

アーロン・ヘイズ　ライフガード　バラードの恋人

ヴィンセント・ピルキー　麻薬密売人

ディナード・ドーシー　麻薬密売人兼タレコミ屋　男性中央拘置所拘束中

ブレンダン・スローン　ロス市警元重大麻薬取締課刑事　現在市警副本部長

エルヴィン・キッド　元ローリング・シクスティーズ・クリップ団幹部

ネイサン・ブラジル　ジョン・ヒルトンのルームメイト

エイミー・ドッド　ロス市警暴行事件特捜チーム刑事　バラードの同期

ロバート・オリバス　ロス市警強盗殺人課警部

テリー・マカダムズ　警部補　バラードの直属の上司

エディスン・バンクス・ジュニア　火災事件焼死者

ローリー・リー・ウェルズ　陪審員候補　女優

BOSCH

1

　ボッシュは遅刻し、埋葬地から離れた墓地の道路に駐車しなければならなかった。だれかの墓を踏まないように気をつけたうえで、柔らかい地面に杖《つえ》が沈みこむ不便をかこちつつ、足を引きずりながら、二区画分の墓所を通り抜けると、ジョン・ジャック・トンプスンの埋葬に集まった人だまりが見えた。老刑事の埋葬地のまわりには、立って参列するスペースしかあいておらず、手術から六週間が経過した自分の膝がもたないだろう、とボッシュにはわかった。近くの〝レジェンドたちの庭〟にあともどりし、タイロン・パワーの墓の一部であるコンクリート製のベンチに腰を下ろした。それがベンチであるのが明白であることから、座ってもかまわないだろう、と思う。子どものころ、母に連れられて、映画でタイロン・パワーを見た覚えがあった。ビバリーヒルズの名画座で古い映画がよく上映されていたのだ。ボッシュは、ハンサムな俳優が怪傑ゾロやアガサ・クリスティーの『検察側の証人』を原作としたビリー・ワイルダー監督作品『情婦』で未亡人殺しの容疑をかけられたアメリカ人被告を演じたのを覚えていた。パワーは、スペインで決闘場面の撮影中に心臓発作に襲われ、仕事中に亡くなった。悪い死に方ではない、とボッシュはつねづね思っていた——自分が好きなことをやっているあいだに死ぬのは。

トンプスンの葬儀は半時間つづいた。距離があって、ボッシュには、なにが話されているのか聞こえなかったが、想像はついた。ジョン・ジャック——彼はつねにそう呼ばれていた——は、制服警官として、また、刑事として、ロサンジェルス市警に四十年間奉職したすばらしい人間だった。おおぜいの悪人を捕らえ、その方法を何世代もの刑事に教えてきた、と。

教え子のひとりがボッシュだった——三十年以上まえにハリウッド分署の新任ほやほやの殺人事件担当刑事として伝説《レジェンド》の男とペアを組んだ。なによりもジョン・ジャックはボッシュに取調室での嘘《うそ》つきの特徴的な仕草の読み取り方を教えてくれた。だれかが嘘をついているとき、ジョン・ジャックは、かならずそれがわかった。彼はかつて、嘘つきを知るには嘘つきが必要だ、とボッシュに話したことがあったが、どうやってそういう智慧《ちえ》を身につけたのかはけっして説明してくれなかった。

ふたりがペアを組んでいたのはわずか二年だった。ボッシュがしっかり指導を受け、ジョン・ジャックは次の新任の殺人事件担当刑事を指導しなければならなくなったからだったが、教師と生徒はずっと連絡を絶やさずにいた。ボッシュは、トンプスンの引退記念パーティーでスピーチをおこない、ひとつのエピソードを披露した。ある殺人事件の捜査にあたっていたおり、ジョン・ジャックは、パンの配達トラックが赤信号で完全な一時停止をせずに右折したのを見て、その車を停止させた。ささいな交通違反のために、殺害容疑者の捜索を中断させたのはなぜだろう、とボッシュが訊《たず》ねたところ、ジョン・ジャックは、妻のマーガレットといっしょに今夜は食事をすることになっており、デザートを持ち帰らねばならないんだ、と答えた。ジョン・ジャックは、小型刑事車両を降り、トラックに近づくと、ドライバーにバッジを示した。あんたはパイ二個分の交通違反をしたぞ、とジョン・ジャックは告げた。だが、公平な人間だったので、ジョン・ジャックは、チェリーパイ一個にまけ、その夕食のデザートを持って、車に戻ってきた。

その手の逸話やジョン・ジャック・トンプスン伝説は、彼が引退してから二十年のあいだに薄れていったが、彼の墓のまわりに集まった弔問客は数多く、ボッシュは、自分がロス市警のバッジをもっていた時分にいっしょに働いた男女がおおぜいいるのを認めた。葬儀のあと、ジョン・ジャックの自宅でひらかれるレセプションもおなじように人が多く、へたすれば夜までつづくかもしれないという予感をボッシュは抱いた。

ボッシュは引退した刑事の葬儀にこれまで数え切れないくらい参列した。同世代の人間は、消耗戦に破れつつあった。とはいえ、今回の葬儀は、最高級のものだった。ロス市警の正規儀仗隊《ぎじょうたい》とバグパイプ吹きが彩りを添えていた。それは市警でのジョン・ジャックの以前の名声に対する敬意の表れだった。「アメージング・グレース」が荘厳に鳴り響き、パラマウント・スタジオと墓地を隔てる壁を越えていった。

柩《ひつぎ》が墓穴に下ろされ、参列者がそれぞれの車へ戻りはじめてから、ボッシュは芝生を横切り、まだ座っているマーガレットの元へ向かった。未亡人は膝の上に畳まれた旗を載せていた。彼女は近づいてくるボッシュに笑みを向けた。

「ハリー、わたしの連絡が届いたのね」マーガレットは言った。「来てくれて嬉《うれ》しいわ」

「来ないわけがありません」ボッシュは言った。

ボッシュは身をかがめ、彼女の頰にキスをして、手を握りしめた。

「彼はいい人でした、マーガレット」ボッシュは言った。「おれは彼から多くのことを学びました」

「そうだったわ」マーガレットは言った。「あなたはあの人のお気に入りのひとりだった。あなたが解決したどの事件も、あの人はとても誇らしく思っていた」

ボッシュは体の向きを変え、墓を覗《のぞ》きこんだ。ジョン・ジャックの棺は、ステンレススチール製のようだった。

「あの人が選んだの」マーガレットが言った。「銃弾みたいだ、と言ってたわ」

ボッシュはほほ笑んだ。

「会いにこられなくてすみません」ボッシュは言った。「亡くなるまえに」

「かまわないわ、ハリー」マーガレットは言った。「膝の件があったんだから。具合はどう？」

「日に日によくなっています。この杖が要らなくなるまで、そんなに長くかからないでしょう」

「ジョン・ジャックが膝の手術をしたとき、寿命が延びたと言ってたわ。それが十五年まえ」

ボッシュはうなずくだけだった。寿命が延びたというのは、少々楽観的に過ぎる、と思った。

「うちに来るでしょ？」マーガレットが訊《き》いた。「あなたに渡す物があるの。あの人に頼まれたの」

ボッシュは未亡人を見た。

「彼に頼まれた？」

「来てくれればわかる。あなたにしか渡す気になれない物よ」

ボッシュは駐車レーンに停《と》められた二台のストレッチリムジンのそばに集っている親族たちを見た。子や孫たちのようだ。

「リムジンまでごいっしょしましょうか？」ボッシュは訊いた。

「そうしてもらいたいわ、ハリー」マーガレットは答えた。

2

ボッシュはこの日の朝、〈ゲルスンズ〉で頼んでいたチェリーパイを受け取り、そのせいで葬儀に遅れたのだった。そのパイをジョン・ジャックとマーガレットのトンプスン夫妻が五十年以上暮らしてきたオレンジ・グローヴの平屋に持参した。ほかの皿や料理の載ったトレイの置かれているダイニングルームのテーブルにパイを置いた。

家のなかはごった返していた。ボッシュは、挨拶を交わし、数人と握手をしながら、人々のあいだを縫い、マーガレットを探した。彼女はキッチンにいて、オーブンミットをはめ、オーブンから熱い平鍋を取りだそうとしていた。忙しくしているのだ。

「ハリー」マーガレットが言った。「パイを持ってきてくれたの?」

「ええ」ボッシュは答えた。「テーブルに置いてきました」

マーガレットは引き出しをあけ、ボッシュにケーキサーバーとナイフを渡した。

「おれになにを渡してくれるんです？」ボッシュは訊いた。

「ちょっと待って」マーガレットは言った。「先にパイを切り分けてちょうだい。そのあとでジョン・ジャックの書斎にいって。廊下を通った左側にある。机の上にあるから、すぐにわかるわ」

ボッシュはダイニングルームに入り、未亡人から渡されたナイフを使って、チェリーパイを八つに切り分けた。そののち、人々で混み合っているリビングを再度通り抜け、ジョン・ジャックの書斎につながっている廊下に引き返した。その書斎に以前に入ったことがあった。はるか昔のいっしょに捜査にあたっていたころ、ボッシュは、一日の最後にトンプスン家を訪れ、マーガレットが用意してくれた夜食を食べ、ジョン・ジャックと捜査戦略の打合せをすることがよくあった。ときにはその書斎のカウチに横になり、数時間睡眠を取ってから事件捜査に戻ることもあった。書斎のクローゼットに着替えを置いておくことすらした。マーガレットは客用バスルームに綺麗《きれい》なタオルをいつも用意してくれていた。

書斎のドアは閉まっており、どういうわけか、ボッシュはノックをした。室内にだれもいるはずがないとわかってはいたのだが。

ドアをあけ、狭い散らかった書斎に入る。二面の壁には棚があり、窓のある第三の壁には机が押しこまれていた。窓の向かいにカウチがまだあった。机の緑色のデスクマットの上に青色の分厚いプラスチック・バインダーが置かれていた。なかに書類が詰まっており、八センチ近い厚さがあった。

それは殺人事件調書だった。

BALLARD

3

バラードは冷静な視線で、遺体の見えるかぎりの部分をつぶさに眺めた。こんな近くでは、灯油のにおいと焼けた肉のにおいが混ざり合って圧倒されるほどきつかったが、バラードはこらえていた。火災の専門家たちが到着するまで、この現場の責任者は彼女だった。ナイロン製のテントは溶け、被害者の上に崩れていた。火が完全に焼き尽くしていない箇所で、溶けたテントは死体をピッチリと覆《おお》っていた。死体は穏やかな様子だったように見え、バラードは、どうしてこの被害者は焼かれているあいだ眠っていられたのだろう、と訝《いぶか》しんだ。毒性試験で、被害者のアルコールや薬物摂取状況が定まるだろうとバラードはわかってもいた。ひょっとしたら被害者はなにも感じなかったのかもしれない。

バラードは、この事件が自分の担当にはならないだろう、とわかっていたが、携帯電話を取りだして、死体と現場の写真を撮影した。ひっくり返ったキャンプ用ヒーターの写真もアップで撮った。そのヒーターが火元と仮定されているものだ。そののち、携帯電話の温度計アプリを起《た》ち上げ、ハリウッドの現在の気温として示されているのが摂氏十一度だと、心に留《とど》めた。その情報はバラードの報告書に記され、消防局の放火班に伝えられるだろう。

バラードは数歩下がり、あたりを見まわした。いまは午前三時十五分であり、コール・アヴェニューにはほとんど人けがなかったが、ハリウッド・レクリエーション・センターに沿った歩道に並んでいるテントや段ボール製の小屋からホームレスの人間が出てきていた。彼らは自分たちの仲間のひとりの死に関する捜査が進んでいるのを目を見開き、かつ混乱した様子で見つめていた。

「どのようにこの事件がうちに伝わったの？」バラードが訊いた。

バラードを呼びだしたパトロール隊の巡査部長、スタン・ドヴォレクが近づいてきた。彼は、ハリウッド分署のだれよりも長く——十年以上——深夜勤務《レイトショー》で働いていた。おなじ勤務帯のほかの連中は、ドヴォレクを骨董品《レリック》と呼んでいたが、けっして本人のまえではそのあだ名を口にしなかった。

「消防局からうちに連絡があったんだ」ドヴォレクは言った。「通報があったそうだ。車で通りかかっただれかが炎を見て、火事だと連絡してきた」

「通報者の名前は聞いてるの？」バラードは訊ねた。

「名乗らなかった。電話をかけてきて、そのまま走り去った」

「すてきね」

二台の消防車がまだ現場に留まっていた。燃えているテントの火を消すため、ほんの三ブロック先の二十七番消防署からやってきたのだった。消防隊員たちは、立って、事情を訊かれるのを待っていた。

「消防隊員たちへの対応はわたしがする」バラードは言った。「あなたたちは、あの人たちと話をして、だれかがなにかを目撃したか確かめてちょうだい」

「それは放火班の仕事じゃないのか？」ドヴォレクが訊いた。「話をする価値のある相手をおれたちが見つけたとしても、連中はそいつらを再聴取しなければならなくなる」

「現場に着いたのはわたしたちが先、ディーヴォ。わたしたちは正規の手続きに則《のっと》る必要がある」

バラードはその場を離れ、議論を打ち切った。ドヴォレクはパトロール隊の管理職かもしれないが、この犯行現場を仕切っているのはバラードだった。死者が出たこの火災が事故だと決められるまで、バラードは犯行現場として扱うつもりだった。

バラードは待っている消防士たちのところに近づき、ふたつのチームのうちどちらが先に現場に到着したのか訊いた。それから先に着いた消防車に乗車していた六名の消防士に彼らの見たものを訊ねた。彼らから受け取った情報は、内容が乏しかった。テント火災は、消防救急チームが到着するまえに自然に鎮火していた。火災現場周辺や最寄りの公園に不審者を見た者はいなかった。目撃者もなく、容疑者もいない。消防車に搭載していた一本の消火器が、燃え残りの炎を消すのに用いられ、被害者は明白に死亡していたので、病院へは運ばれなかった。

現場であるブロックをバラードは行き来して、監視カメラを探した。このホームレスの野営地は、市立公園の屋外バスケットコートに沿ってつづいており、そこには監視カメラはなかった。コール・アヴェニューの西側には、平屋建ての倉庫が並んでいて、映画およびTV業界用の小道具業者や撮影機器レンタル業者がなかに入っていた。何台かカメラがあるのが目に入ったが、ダミーか、捜査には役に立たないであろう角度に設置されているかのどちらかだろう、とバラードは思った。

現場に戻ると、バラードはドヴォレクが部下のパトロール警官ふたりと相談しているのを見た。そのふたりがハリウッド分署での朝番の点呼にいた人間だとバラードは認識した。

「なにかあった？」バラードが訊いた。

「予想していたとおりのことだ」ドヴォレクは言った。『なにも見なかった』、『なにも聞かなかった』、『なにも知らない』。時間の無駄だ」

バラードはうなずいた。「それでも聴取しなきゃならないの」

「で、放火班はどこにいやがる？」ドヴォレクが訊いた。「うちの人間を帰さないと」

「最後に聞いた話では、移動中だそうよ。彼らは二十四時間勤務ではないので、自宅から呼びだす必要がある」

「なんと、一晩じゅうここで待っていることになりかねん。もう検屍局《けんしきょく》に呼びだしをかけているんだろうな？」

「こちらに向かっている。たぶんあなたの部下の半分とあなたは戻れるでしょう。一台だけここに残して」

「了解」

ドヴォレクは部下たちに新しい命令を与えるため、その場を去った。バラードは、すぐそばの犯行現場に戻り、屍衣《しい》のように死んだ男を覆っている溶けたテントを見た。それを見下ろしていると、周辺視野で動くものがあるのを捉えた。顔を起こすと、ひとりの女性と少女が、バスケットコートのまわりのフェンスに青い防水シートをくりつけてこしらえた仮住まいから出てくるのが見えた。バラードは足早にふたりのそばに近寄り、彼らを死体から遠ざけた。

「ねえ、そっちにはいかないほうがいい」バラードは言った。「こっちへ来て」

バラードはふたりに付き添って、野営地の外れにある歩道へ歩いていった。

「なにがあったの？」女性が訊いた。

バラードは女の子を見ながら、返事をした。

「だれかが焼かれたの」バラードは言った。「なにか見なかった？　一時間ほどまえに起こったことなんだけど」

「あたしたちは寝ていたの」女性が答える。「この子はあしたの朝、学校がある」

女の子はまだなにも話していなかった。

「シェルターに入ったらどうなの？」バラードは訊いた。「ここは危険よ。あの火事が広がった可能性もあったんだし」

バラードは母親から娘に視線を移した。

「あなたはいくつ？」

少女は大きな茶色い目と茶色い髪の毛を持ち、少しばかり体重過多だった。女性が少女のまえに割りこみ、バラードに答えた。

「あたしからこの子を奪わないで」

バラードは女性の茶色い瞳に訴えかける表情を認めた。

「わたしはそういうことをするためにここにいるんじゃない。この子が安全であることを確認したかっただけ。あなたはこの子の母親？」

「ええ。あたしの娘」

「娘さんの名前はなんていうの？」

「アマンダ――マンディ」

「何歳？」

「十四」

バラードは身をかがめて、少女に話しかけた。少女はうつむいていた。

「マンディ？　大丈夫？」

少女はうなずいた。

「あなたとお母さんを女性と子どものための避難施設に連れていってあげようか？ここにいるよりもいいかもしれないの」

マンディは顔を起こし、母親を見ながら答えた。

「いや。あたしは母さんといっしょにここにいたい」

「あなたたちを離ればなれにするつもりはない。あなたが望めば、あなたとお母さんを連れていってあげる」

少女はふたたび母親を見上げて、指導を求めた。

「あなたがそこにあたしたちを入れれば、この子は連れていかれるわ」母親が言った。「きっとそうなるとわかってる」

「いや、あたしはここに残る」すぐに少女が言った。

「わかった」バラードは言った。「わたしはなにもしません。だけど、ここはあなたのいるべき場所ではないとわたしは思う。あなたたちのどちらにとっても、ここは安全じゃない」

「避難施設も安全じゃないわ」母親が言った。「他人の持ち物を盗む連中だらけ」

バラードは名刺を取りだし、母親に手渡した。

「なにか用があれば、電話して」バラードは言った。「わたしは深夜の勤務帯で働いている。もしわたしの助けが必要なら、深夜に連絡がつくから」

母親は名刺を受け取り、うなずいた。バラードの思いは事件に戻った。体の向きを変え、犯行現場を示す仕草をした。

「この人と知り合いだった？」バラードは訊いた。

「少しだけ」母親は答えた。「他人に口だししない人だった」

「名前を知ってる？」

「ああ、エドだったと思う。エディ、と自分では言ってた」

「わかった。長くここにいたのかな？」

「二ヵ月ほど。聖餐《せいさん》教会にいたんだけど、人があまりに多くなって出てきた、と言ってたわ」

サンセット大通りにある聖餐カトリック教会は、正面の柱廊玄関にホームレスが露営するのを許している、とバラードは知っていた。教会のまえを車でよく通りかかり、夜になるとテントや間に合わせの仮住まいでひどくごった返しているのを知っていた。朝になり、教会の礼拝がはじまるまえにそれらはすべてなくなるのだった。

ネオンやキラキラした光が消え、暗い時間帯になるとハリウッドは様相を異にした。バラードはその変化を毎晩目にしていた。捕食者と獲物の場所になり、中間の存在はなかった。持てる者たちが錠のかかったドアの奥に快適かつ安全に過ごし、持たざる者たちが好き勝手にうろつく場所。バラードはレイトショー担当パトロール警官であった詩人の言葉をずっと覚えていた。その詩人は、持たざる者たちのことを、**運命の風に吹かれるままに転がっていく人間回転草《タンブルウイード》**、と呼んでいた。

「彼はここにいるだれかと揉《も》めていたことはない？」バラードは訊いた。

「あたしの見るかぎりじゃ揉めたことはなかった」母親は言った。

「今夜、彼を見かけた？」

「いえ、見てないと思う。あたしたちが寝たときには、彼は近くにいなかった」

バラードはアマンダを見て、彼女がなんらかの反応を示すかどうか確かめようとしたが、背後から声をかけられて邪魔をされた。

「刑事？」

バラードは振り向いた。ドヴォレクの部下のパトロール警官だった。名前はロリンズだ。分署に配属されたばかりであり、そうでなければかしこまって職名で呼んだりしなかっただろう。

「なに？」

「放火班の人間が到着しました。彼らは――」

「わかった。いくわ」

バラードは女性と娘に向き直った。

「ありがとう」バラードは礼を言った。「それから覚えていて、いつでも電話してかまわないから」

バラードは死体と放火班の人間のもとに向かいながら、先ほどの回転草に関する一文を思いださずにはいられなかった。あるパトロール警官が記した職質カードに書かれていたもので、のちにバラードは、その警官がハリウッドの陰惨な現実と暗い時間帯の出来事をあまりに多く目撃して、みずからの命を絶ったことを知ったのだった。

4

放火班の人間は、ヌチオとスペルマンという名だった。ロサンジェルス消防局の慣習に従って、ふたりはロス消防局のバッジが胸ポケットにつき、背中に『放火』の文字が書かれた青いカバーオールを着ていた。ヌチオは、上級調査官であり、自分が調査の責任者になる、と言った。ふたりの男性消防士はバラードと握手をし、そののちヌチオは、ここから本件の調査を引き受ける、と告げた。バラードは、ホームレスの露営地でざっと聴取したところでは、目撃者はおらず、コール・アヴェニューを徒歩で調べたかぎりでは、死亡者を出した今回の火災を記録する角度に設置されているカメラは見つからなかった、と説明した。また、検屍局から現場に一組やってくるところであり、ロス市警科捜研からも鑑識員がひとり向かっているところだ、とつけ加えた。

ヌチオは興味がなさそうだった。彼は電子メールアドレスの記された名刺をバラードに渡し、ハリウッド分署に戻ってバラードが作成するであろう死亡報告書を送ってほしい、と頼んだ。

「それだけ？」バラードは訊いた。「必要なのはそれだけ？」

ロス消防局の放火事件専門消防士は、法執行機関職員および刑事の訓練を受けており、死者が出たあらゆる火災の徹底的な捜査をおこなうことが期待されている、とバラードは知っていた。また、兄がいる弟のような形で、彼らがロス市警と張り合っていることも知っていた。放火班の職員たちは、ロス市警の陰に隠れているのを好まなかった。

「それだけだ」ヌチオは言った。「報告書を送ってくれればいい。そうすればきみの電子メールアドレスがわかる。なにかあったら連絡するよ」

「夜明けまでに送るわ」バラードは言った。「そちらが作業しているあいだ、制服警官をここに残しておきましょうか？」

「ああ。ひとりかふたりいてくれるとありがたい。われわれの背中を見張っていてもらう」

バラードはその場を離れ、ロリンズと彼のパートナーであるランドルフのところにいった。彼らは自分たちのパトカーのそばで指示を待っていた。バラードはふたりに待機し、捜査が進むあいだ現場の保全をするよう伝えた。

　バラードは携帯電話でハリウッド分署の当直オフィスに連絡し、いまから現場を離れることを伝えた。担当の警部補の名前はワシントンだった。ウィルシャー分署から異動してきたばかりだった。深夜勤務の正式名称である第三直をもともと担当していたのだが、ハリウッド分署での事情にまだ慣れずにいた。たいていの分署では、真夜中を過ぎると静かになるのだが、ハリウッド分署の管轄ではめったに静かにはならなかった。だからこそ、深夜番組《レイトショー》と呼ばれているのだった。

「ロス消防局は、わたしがここにいる必要はないそうです、警部補」バラードは言った。

「どんな様子なんだ？」ワシントンが訊いた。

「被害者は、寝ているあいだに灯油ヒーターを蹴り倒したみたいです。ですが、目撃者はおらず、あたりに監視カメラはありません。われわれが探した範囲では、なかったんです。放火班の人間は、それ以上力を入れて調べるつもりがないみたいです」

　ワシントンは決断するまで少しの間沈黙していた。

「わかった、では、うちに戻って、報告書を作成してくれ」ワシントンはそう言った。「自分たちだけでやりたいのなら、そうさせてやろう」

「了解です」バラードは言った。「そちらに向かいます」

バラードは通話を終え、ロリンズとランドルフのところに歩み寄ると、自分は現場を離れるので、なにかあらたな事態が起こったら、分署にいる自分に連絡するように、と告げた。

ハリウッド分署まで午前四時だと車で五分しかかからなかった。通用口の扉に向かうと、裏の駐車場は静かだった。バラードはカードキーで扉をあけ、刑事部屋に向かうのに遠回りをし、当直オフィスを通り抜けて、ワシントンに自分の到着がわかるようにした。警部補は、着任してからまだ二度目の当直配備期間を担当しているだけであり、手探りで学んでいるところだった。バラードは自分のシフトのあいだ、意図的に当直オフィスを二、三度通り抜けるようにして、ワシントンと打ち解けようとしていた。厳密に言うと、バラードの上司はテリー・マカダムズだった。ハリウッド分署の刑事部を統轄する警部補だ。だが、マカダムズは昼勤のため、バラードはめったに彼に会わなかった。現実的には、ワシントンが、バラードの実働部隊の上司であり、彼女は彼との関係をしっかりしたものにしたいと思っていた。

ワシントンは机の奥に座って、展開画面を見ていた。そこには分署のすべてのパトロール・ユニットのGPS位置が示されていた。ワシントンは背が高い、アフリカ系アメリカ人で、頭を剃《そ》り上げていた。

「どんな具合です？」バラードは訊いた。

「西部戦線は異状なしだ」ワシントンは言った。

警部補は目を凝らし、画面上のある一点を見つめていた。自分も見えるように警部補の机の横で回れ右をした。

「なんです？」バラードは訊いた。

「スワード・ストリートとサンタモニカ大通りの交差点に三つのユニットがいる」ワシントンは言った。「どのユニットからも連絡はない」

バラードはそこに目を向けた。ハリウッド分署は、報告区域と呼ばれている管轄ゾーンが三十五にわかれており、それらは七つのベーシック・カー・エリアに分けられて、それぞれ巡邏《じゅんら》されている。いついかなるときもそれぞれのベーシック・カー・エリアには、一台のパトカーがおり、それ以外に、分署全域のパトロール責任を担っているドヴォレク巡査部長のような監督者が乗っているパトカーもあった。

「あそこは、三つのベーシック・カー・エリアが隣接しています」バラードは言った。「それにあそこは終夜営業のマリスコス・トラックが停まっているんです。彼らは担当ゾーンを離れずにあそこで休憩《コード7》できるんです」

「わかった」ワシントンは言った。「ありがとう、バラード。知ることができてよかった」

「どういたしまして。休憩室でコーヒーを淹《い》れてきますが、一杯いかがですか？」

「バラード、わたしはあそこのマリスコス・トラックについては知らなかったが、きみのことは知っている。わたしのためにコーヒーを取ってくる必要はない。自分の分は自分で持ってくることができる」

バラードはその返事に驚き、すぐにどこまで正確に自分のことをワシントンが知っているのか訊きたくなった。だが、訊かなかった。

「わかりました」とバラードは言った。

バラードは中央ホールを引き返し、左に曲がって、刑事部につながっている廊下を通った。予想したとおり、刑事部屋は無人だった。壁掛け時計を見て、自分のシフトの終わりまで二時間以上あるのを確認した。それだけあれば火災死亡事故に関する報告書を書き上げることができる。部屋の奥の隅で使っている間仕切りに向かう。そこからだと部屋の全景と、やってくる人間が見えた。

テント火災の出動要請を受けたとき、机にノートパソコンの蓋を開けっぱなしにして置いていた。バラードは少しのあいだ机のまえに立ってから腰を下ろした。バラードがいつもおなじ局に合わせている小型ラジオの設定をだれかが変えていた。ふだんKNX一〇七〇ニュース局に合わせているのに、KJAZ八八・一局に変えられていた。何者かがバラードのコンピュータも脇に動かし、机のどまんなかに色褪《いろあ》せた青いバインダー——殺人事件調書——を置いていた。バインダーをひらいてみると、目次のページにポストイットが貼られていた。

なにも渡していないとは言わせないぞ。

追伸　ニュースよりジャズのほうがいい。

B

被害者の名前を覆っていたので、バラードはポストイットを外した。

ジョン・ヒルトン——一九六六年一月十七日生まれ、九〇年八月三日死亡

調書の写真セクションを見つけるのに目次は不要だった。三つのスチール・リングで留められている報告書のセクションをいくつかめくって、クリアポケットにしっかり保管されている写真を見つけた。写真には、車の前部座席でまえに寄りかかっている若い男性の死体が写っていた。右耳のうしろに弾痕があった。

バラードは少しのあいだ写真を眺めてから、バインダーを閉じた。携帯電話を取りだし、番号を調べて、かけた。相手が出るのを待ちながら腕時計を確認する。相手の男性はすぐに電話に出た。深い眠りから起こされた様子ではなかった。

「バラードよ」彼女は言った。「今夜、署に来たのね?」

「ああ、そうだ、一時間ほどまえに立ち寄った」ボッシュは言った。「きみはいなかった」

「出動要請を受けていたの。で、この殺人事件調書の出所はどこ?」

「行方不明中とでも言おうか。おれはきのう葬儀に出かけた——大昔、おれがはじめて殺人事件担当になったときのパートナーの葬儀だ。おれに指導してくれた人だ。その人が亡くなり、おれは葬儀に出かけ、そのあと彼の自宅で、奥さんが——未亡人が——その調書をおれに渡した。彼女は調書の返却をおれに任せたかった。だから、おれのしたのはそれだ。おれは調書をきみに返した」

バラードは調書を再度ひらき、目次の上に記された事件の基本情報を読んだ。

「ジョージ・ハンターがあなたのパートナーだったの?」バラードは訊いた。

「いや」ボッシュは答えた。「おれのパートナーは、ジョン・ジャック・トンプスンだ。その事件は、そもそもジョン・ジャックの担当事件じゃない」

「自分の担当事件じゃないけど、その人は引退するときこの殺人事件調書を盗んだ」

「まあ、彼がそれを盗んだと言えるかどうかわからん」

「じゃあ、あなたが言えることはなに？」

「あえて言うなら、彼はだれも調べていない事件の捜査を引き継いだんだ。時系列記録を読んでくれれば、埃《ほこり》をかぶっていたのがわかるだろう。もともとの事件担当刑事は、たぶん引退していて、その事件にだれもなにもしていなかったんだ」

「いつトンプスンは引退したの？」

「二〇〇〇年一月だ」

「ちょっと。その間ずっとこの調書を抱えていたわけ？　ほぼ二十年じゃない」

「どうやらそのようだ」

「じつにひどいものね」

「いいかい、おれはジョン・ジャックを弁護しようという気はないが、その事件は、未解決事件班にあるよりもジョン・ジャックが持っていたほうがずっと関心を寄せられたはずなんだ。未解決事件班はＤＮＡ関連の事件を主体に調べているが、この事件にはDNAがない。もしジョン・ジャックが持っていかなければ、見過ごされ、埃をかぶったままにされていたはずだ」

「じゃあ、DNAが存在しないとあなたはわかっているのね？　時系列記録を調べてみたの？」

「ああ。目を通した。葬儀から帰宅して読みはじめ、読み終わるとすぐにきみのところへ運んだ」

「で、なぜここに持ってきたの？」

「なぜならわれわれは取り決めをしたからだ、覚えているだろ？　いっしょに事件に取り組む、と」

「じゃあ、この事件をいっしょに調べたいのね？」

「まあ、ある意味では」

「どういうこと？」

「おれには事情があるんだ。医学的な事情だ。それで、どれくらい自分が時間をかけられるかわから――」

「医学的事情ってなに？」

「新しい膝を手に入れたばかりなんだ。ほら、リハビリが必要で、ややこしい事態になるかもしれない。だから、自分がどれくらい関われるかわからない」

「この事件をわたしに丸投げするんだ。わたしのラジオ局を変更して、事件を丸投げした」

「いや、協力したいし、そのつもりでいる。ジョン・ジャックがおれに指導してくれた。彼がおれにルールを教えてくれたんだ」

「どんなルール？」

「どの事件も個人的なものとして捉える、というルールだ」

「なんですって？」

「どの事件も個人的なものとして捉えれば、腹が立つ。それが炎《ほむら》を掻《か》きたてる。その炎が毎回最後までやり抜く気力を与えてくれる」

バラードはそれについて考えた。ボッシュが言っていることは理解したが、それは生活し、働くには危険なやり方だとわかった。

「彼はどの事件もと言ったの？」バラードは訊いた。

「どの事件も、だ」ボッシュは答えた。

「で、あなたはこの調書を最初から最後まで読んだのね？」

「ああ。六時間ほどかかった。何度か中断したが。歩いて、膝を動かさないといけないんだ」

「この事件がジョン・ジャックにとって個人的な意味合いを持つのはどこ？」

「わからん。おれにはそこが見えなかった。だが、ジョン・ジャックがどの事件も個人的なものとする方法を見つけていたのは知っている。きみがそれを見つければ、きみはその事件を解決できるかもしれない」

「わたしがそれを見つければ？」

「オーケイ、われわれがそれを見つければ、だ。だが、いまも言ったように、おれはすでに目を通した」

バラードは各セクションをパラパラとめくり、再度、クリアポケットに入っている写真に行き当たった。

「どうかな」バラードは言った。「可能性が低いように思える。ジョージ・ハンターが解決できず、その後、ジョン・ジャック・トンプスンが解決できなかったのに、どうしてわたしたちが解決できるとあなたは思うわけ？」

「なぜならきみはそういうのを持っているからだ」ボッシュは言った。「その炎を。おれたちにはそれができ、被害者の青年になにがしかの正義をもたらしてやれる」

「正義云々《うんぬん》の話をはじめるのはやめて。バカなことは言わないで、ボッシュ」

「わかった、言わない。だけど、判断するまえにせめて時系列記録を読んで、調書に目を通してくれないか？　きみがそうして、なおかつ続けたくないと思うのなら、それでかまわない。調書を市警に返却するか、あるいはおれに返してくれ。おれは単独で調べる。その時間ができたときに」

バラードはすぐには返事をしなかった。考える必要があった。正規の手続きは、この殺人事件調書を未解決事件班に返却し、トンプスンの死後、どのように見つかったのか説明し、それで放っておくことだとわかっていた。だが、いまボッシュが言ったように、その動きはたぶんこの事件を棚に置いて埃をかぶせることに終わるだろう。

バラードは写真にふたたび目を向けた。最初に読み取ったところでは、麻薬がらみの強盗殺人事件に思えた。被害者が車を停め、現金を渡したところ、ヘロインの一包みあるいはなんであれ好みの麻薬を受け取る代わりに銃弾を受け取ったのだ。

「ひとつ取っ掛かりがある」ボッシュが言った。

「それはなに？」バラードは訊いた。

「銃弾だ。証拠品がまだ残っていればNIBINで調べて、なにが出てくるか見てもらう必要がある。あのデータベースは、一九九〇年当時は存在していなかった」

「どういうこと、十に一つの一発《ワン・イン・テン・ショット》？　洒落《しゃれ》のつもりはないけど」

その全米データベースには、犯行現場で発見された銃弾および薬莢《やっきょう》の弾道特性情報が収められているとバラードは知っていたが、それは完璧なアーカイブにはほど遠かった。比較処理をおこなうデータの一部にするため、銃弾に関するデータを入力しなければならなかったが、ロス市警を含め、大半の警察では、その入力処理が遅滞していた。それでも、この銃弾アーカイブは、今世紀初頭から稼働しており、データは年々大きくなっていった。

「一発《ノー・ショット》もないよりはましだ」ボッシュは言った。

バラードは返事をしなかった。彼女は殺人事件調書を見て、そこに入っている分厚い書類の束の側面に爪を走らせると、パタパタと音がした。

「わかった」ようやくバラードは言った。「読んでみる」

「ありがたい」ボッシュは言った。「読んだあと、きみの考えを聞かせてくれ」

BOSCH

5

ボッシュは第一〇六号法廷のうしろの席に静かに滑りこみ、判事の関心だけを惹《ひ》いた。判事はボッシュを認識して、軽くうなずいた。ずいぶん歳月は経《た》っていたが、ボッシュは過去にポール・ファルコーネ判事の担当する裁判に何度も出廷していた。真夜中に捜索令状の承認を求めて判事を起こしたことも一度ならずあった。

ボッシュは腹違いの弟、ミッキー・ハラーが弁護側テーブルと検察側テーブルの横にある発言台にいるのを見た。ハラーは被告側の証人に質問しているところだった。この事件をオンラインや新聞で追ってきており、きょうが弁護側にとって勝てる見込みのなさそうな裁判のはじまりである、とボッシュは知っていた。ハラーは、上級裁判所判事ウォルター・モンゴメリーを殺害した罪で起訴された男を弁護していた。判事は、いま裁判がひらかれている裁判所から一ブロックも離れていない市の公園で殺されたのだった。被告のジェフリー・ハーシュタットは、DNAの証拠によって犯行と結びつけられただけでなく、ビデオに撮影されている状況で、みずから進んで殺害を自白していた。

「先生、率直におっしゃってください」ハラーは、判事の左側に座っている証人に話しかけた。「ジェフリーが抱えているメンタルの問題は、この犯行を自白しなかったら、身体的な危害をこうむると怖《おそ》れるような被害妄想状態に彼を陥れていたとおっしゃっているのですか？」

証人席の男性は六十代で、頭髪は白く、奇妙なくらい濃い色をしたあごひげをフサフサと生やしていた。ボッシュは証人の宣誓を聞き逃しており、名前を知らなかった。外見と、専門家然とした仕草にボッシュの脳裏にフロイトという名前が浮かび上がった。

「それが統合失調症の症状です」フロイトは答えた。「統合失調症のあらゆる症状を示しています。幻覚、そして躁《そう》状態や鬱《うつ》状態、被害妄想のような気分障害も同様に示しています。後者は、自白ビデオに映っているうなずきや同意のような身を守る手段を取りがちだという精神状態につながります」

「ということは、ジェフリーがあの聴取のあいだずっとガスタフスン刑事の意見にうなずき、同意していたとき、彼はつまり——傷つくのを避けようとしていたのですか？」ハラーは訊ねた。

被告のファーストネームをハラーが繰り返し使っていることにボッシュは気づいた。陪審員のまえで被告に人間味を与えようとする計算した動きだった。

「まさにそのとおり」フロイトが言った。「無傷で聴取を切り抜けたかったのです。ガスタフスン刑事は、迫力のある人物で、そんな人がジェフリーの安寧を握っていたのです。ジェフリーはそのことを知っており、ビデオには彼の恐怖がうかがえます。心のなかで、ジェフリーは危機に陥っており、彼はただひたすら生き延びたかっただけなのです」

「それゆえ、ジェフリーはガスタフスン刑事が彼に言わせたかったことをなんでも言ってしまうのでしょうか？」ハラーはそう訊いたが、それは質問というより意見の表明だった。

「そのとおりです」フロイトは答えた。「一見、なんの影響力もないような質問から聴取ははじまっています――『あの公園に見覚えはあるのかい？』『公園にいたのかね？』そして、当然ながら、質問ははるかに深刻な性質を持つものに移りました――『きみはモンゴメリー判事を殺したのか？』ジェフリーはその時点で、坂を下っており、みずから進んで、『はい、ぼくがやりました』と言ってしまったのです。ですが、それは自発的な告白として分類できるようなものではなかったのです。ジェフリーが置かれている状況のせいで、その自白は自発的に、自由意志に基づいておこなわれたものではなく、理性的におこなわれたものでもなかったんです。強要されたものでした」

ハラーは法律用箋のメモを確認するふりをしながら、証人の回答の余韻をしばらく長引かせた。そののち、異なる方向に質問の向きを変えた。

「先生、緊張性統合失調症とはなんでしょう？」ハラーは訊いた。

「それは統合失調症の特殊型で、ストレス過剰の状況で影響を受けている人間に現れるもので、発作を起こしたり、いわゆる拒絶症あるいは硬直状態に陥ったりします」フロイトは言った。「指示されたり、物理的に動かそうとされたりすることへの抵抗という形で顕著に現れます」

「その症状はいつ発生するのでしょう、先生？」

「強いストレスを受けている時期に起こります」

「ガスタフスン刑事の聴取の最後にそれが現れたのではありませんか？」

「はい、ジェフリーは、当初、刑事の知らぬうちに発作を起こしたというのがわたしのプロとしての見解です」

ハラーは、ハーシュタットにおこなわれた聴取の録画の関連部分を再生できるかどうか、ファルコーネ判事に訊ねた。ボッシュは録画のすべてをすでに目にしていた。検察側がそれを証拠として法廷に持ちだしたあと、録画は公的記録になり、結果的にインターネットで公開されていたからだ。

ハラーは開始後二十分の印がついている箇所を再生した。そこでハーシュタットが肉体的にも精神的にもシャットダウンしてしまったようになった。座ったままピクリとも動かず、緊張状態に陥り、テーブルを見下ろしていた。ガスタフスンからの複数の質問に反応せず、やがて刑事はなにかおかしいと気づいた。

ガスタフスンは、救急救命士に連絡し、彼らはすぐに到着し、ハーシュタットの脈《みゃく》搏《はく》、血圧、血中酸素濃度を調べ、ハーシュタットが発作を起こしている、と判断した。彼はロサンジェルス郡／USC共立メディカル・センターに運ばれ、そこで処置を受け、医療拘置棟に収容された。聴取は再開されることはなかった。ガスタフスンは必要とするものをすでに手に入れていた——ハーシュタットの証言は録画されていて、そのなかで彼は、「おれがやった」と話していた。その自供は一週間後、ハーシュタットのDNAがモンゴメリー判事の指の一本から採取された遺伝物質と合致したことで裏付けられた。

ハラーはビデオの再生が終わると、精神医学の専門家への質問をつづけた。

「いまの録画でなにが見えました、先生？」

「強硬症の発作に襲われた男性が見えました」

「なにが引き金になったのでしょう？」

「ストレスが引き金になったのは、きわめて明白です。彼は自分がおこなったと認めた殺人について取り調べをうけていました。ですが、わたしの見方では、彼は殺人をおこなっていません。そういう状況であれば、だれであれストレスが高まりますし、妄想型統合失調症であれば、非常に顕著に高まります」

「では、先生、本件のファイルに目を通しているなかで、ジェフリーがモンゴメリー判事殺害直前の数時間のあいだに発作を起こしていたのを知りましたか？」

「はい。殺人事件のおよそ九十分ほどまえに発生したある出来事に関する報告書に目を通しました。ジェフリーはあるコーヒーショップで発作を起こし、手当てを受けています」

「あなたはその出来事の詳細をご存知ですか、先生？」

「はい。ジェフリーは〈スターバックス〉に入り、コーヒー・ドリンクを注文したところ、その代金を払うためのお金を持っていなかったんです。お金や財布をグループホームに忘れてきたんです。その事実をレジの人間に突きつけられ、ジェフリーは脅威にさらされ、発作を起こしました。救急救命士が到着し、ジェフリーが発作を起こしていると判断しました」

「彼は病院に連れていかれたんですか？」

「いいえ、発作が治まり、ジェフリーはそれ以上の手当てを断りました。歩いて出ていったんです」

「このように、ここで話題にしている殺人事件の前後で、二件の発作が発生していたわけです。事件の九十分まえと二時間後、その両方ともストレスによってもたらされたと、先生はおっしゃっている。そうですね？」

「そのとおりです」

「先生、ナイフで上半身を三度刺すことで人を殺害するというのは、ストレス過剰の事象であろう、というのは先生の見解でしょうか？」

「とてもストレス過剰です」

「ポケットにお金を入れていない状態でコーヒーを買おうとするよりもストレス度は高いですか？」

「ええ、はるかに高いでしょう」

「先生の見解では、暴力的な殺人をおこなうのは、暴力的な殺人について訊問《じんもん》されるよりもストレス度が高いでしょうか？」

検察官が異議を唱え、ハラーが広範囲な仮説的質問で医師に専門分野の範囲を超えさせようとしていると主張した。判事は異議を認め、その質問を取り消させたが、ハラーの目的はすでに果たされていた。

「いいでしょう、先生、先に進みましょう」ハラーは言った。「こううかがってみます――本件に先生が関与しているあいだ、ジェフリー・ハーシュタットがこの暴力的な殺人の犯行中になんらかの発作を起こしたことを示唆する報告書をひとつでも目にされましたか？」

「いいえ、見ておりません」

「先生の知識のなかで、ジェフリーが犯行現場に近いグランドパークで警察に行く手を遮られ、取り調べのため連行されたとき、彼は発作を起こしていたでしょうか？」

「いいえ、わたしの知る限りでは起こしていません」

「ありがとうございます、先生」

ハラーは医師を証人として呼び戻す権利を留保する、と判事に伝えると、証人を検察側に委ねた。ファルコーネ判事は、反対訊問がはじまるまえに昼休みにするつもりだったが、スーザン・サルダーノ地区検事補としてボッシュに見覚えのある検察官が、医師に訊問するのに十分以上はかけない、と約束した。判事はサルダーノに進行を許可した。

「おはようございます、ドクター・スタイン」サルダーノはそう言って、少なくとも精神科医の名前の一部をボッシュに教えてくれた。

「おはようございます」スタインは用心しながら答えた。

「被告に関するほかのことについて話をしましょう。彼の逮捕とそれにつづく郡／USCでの手当てで、血液サンプルが採取され、麻薬とアルコールの摂取を調べられたのかどうか、ご存知ですか？」

「はい、調べられました。そうするのが定められた手順なんでしょう」

「そして、あなたが被告のため本件のファイルに目を通したとき、その血液検査の結果にも目を通されましたか？」

「はい、見ました」

「もしなにかあるとすれば、その検査でどういうことが明らかになったのか、陪審に説明してもらえますか？」

「パリペリドンという薬物が少量検出されていました」

「あなたはパリペリドンになじみがありますか？」

「はい。わたしがハーシュタット氏に処方しました」

「パリペリドンとはどんな薬なんでしょう？」

「ドーパミン拮抗薬《きっこうやく》です。統合失調症や統合失調感情障害に処方される向精神薬です。多くの場合、正しく投与されれば、そうした障害症状に苦しんでいる人々が通常の生活を送れるようになります」

「その薬にはなんらかの副作用がありますか？」

「さまざまな副作用が起こりえます。個々の症例は異なっており、われわれは、生じる副作用を考慮しながら、個々の患者に合わせた薬物治療をおこなっています」

「パリペリドンの製薬会社は、感情の乱れや攻撃性の発現を含む副作用が起こりうると利用者に警告しているのをご存知ですか？」

「ええ、知っています。ですが、ジェフリーの場合――」

「イエスかノーでお答えください、先生。そうした副作用に気づいていますね、イエスそれともノー？」

「イエスです」

「ありがとうございます、先生。ついいましがた、あなたはパリペリドンという薬を紹介する際に、正しく投与されればという文言を用いられた。そう言ったのを覚えていますか?」

「はい」

「さて、この犯行時、ジェフリー・ハーシュタットがどこに住んでいたのか、ご存知ですか?」

「はい、アンジェリーノ・ハイツにあるグループホームです」

「そして、彼はパリペリドンをあなたに処方されていた。そうですね?」

「はい」

「では、グループホームで彼にその薬を正しく投与する役割を担っていたのは、だれでした?」

「グループホームに派遣されているソーシャルワーカーがおり、その人が処方薬の管理をおこなっています」

「ならば、この薬がハーシュタット氏に正しく投与されていたことを、あなたは直接知っていたのでしょうか?」

「その質問の意味がよくわかりません。わたしは彼が逮捕されたあとの血液検査の結果を見ましたが、正常なレベルのパリペリドンが検出されており、彼が適量の処方薬を与えられ、摂取していただろうと推測することができます」

「事実として、彼が殺害事件後かつ病院で採血されるまえに処方薬を服用しなかったと、あなたは陪審に伝えられるでしょうか？」

「えーっと、いいえ、ですが――」

「彼が処方薬を貯《た》めこみ、殺害事件のまえに一気に摂取したのではない、とあなたは陪審に言えますか？」

「ふたたびお答えしますが、いいえ。ですが、あなたが踏みこもうとしているのは――」

「質問は以上です」

サルダーノは検察側テーブルに戻り、腰を下ろした。ボッシュは、ハラーがすぐに立ち上がり、すぐさま再訊問をおこなう旨、判事に伝えるのを見た。判事はうなずいて承認した。

「先生、ミズ・サルダーノの最後の質問に対するあなたの回答を最後まで言いたくはありませんか？」

「はい、望むところです」スタインは言った。「病院での血液検査の結果、ジェフリーの血流にはパリペリドン薬が適正レベル含まれていた、と言おうとしていたのです。正当な投与がなされていた以外のどんなシナリオもつじつまが合いません。薬を貯めこんでいて、過剰摂取したのであろうと、服用しておらず、犯行後薬を摂取したのであろうと、それは検査結果に表れたはずです」

「ありがとうございます、先生。この出来事が起こるまえにあなたはどれくらいジェフリーの診療にあたっていましたか?」

「四年間です」

「いつあなたは彼にパリペリドンを処方しましたか?」

「四年まえです」

「彼がだれかに対して攻撃的な態度を取ったところを見たことがありますか?」

「いえ、ありません」

「彼がだれかに対して攻撃的な態度を取ったという噂《うわさ》を聞いたことがありますか?」

「いいえ、この……出来事のまえに聞いたことはありません」

「彼が暮らしていたグループホームから、彼の行動に関する定期的な報告を受けていましたか?」

「はい、受け取っていました」

「ジェフリーが暴力的な態度を示しているとグループホームから報告がありました

か？」

「いいえ、一度もありません」

「彼があなたあるいはだれか一般人に対して暴力的にふるまうかもしれないと懸念したことはありましたか？」

「いいえ。もしそんな懸念があったとすれば、わたしは異なる薬物療法を指示したはずです」

「さて、あなたは精神疾患以外の医師でもあります。それは正しいですか？」

「はい」

「あなたが本件のファイルに目を通した際、モンゴメリー判事の解剖記録も見ましたね？」

「はい、見ました」

「彼が右の腋窩《えきか》のすぐそばを三度刺されているのを見ましたか？」

「はい、見ました」

サルダーノが立ち上がり、異議を唱えた。

「閣下、この話はどこへ向かおうとしているのでしょう？」サルダーノは訊いた。

「これはわたしの反対訊問の範疇《はんちゅう》を超えています」

ファルコーネはハラーを見た。

「わたしもおなじことを疑問に思っていたところだよ、ハラー弁護士」

「閣下、新しいテリトリーではありますが、わたしはスタイン医師を呼び戻すための権利を留保しました。もし検察側が望むのであれば、われわれは昼休みに入ってもかまいません。そのあとすぐスタイン医師を呼び戻します。あるいは、いまここでこの件を処理してもかまいません。迅速におこなう所存です」

「異議は却下します」判事は言った。「進めてください、ハラー弁護士」

「ありがとうございます、閣下」ハラーは言った。

ハラーは証人に関心を戻した。

「先生、モンゴメリー判事が刺された体の場所には、きわめて重要な血管がある。そうでしょうか？」

「はい、心臓と直結し、血液の出入りを司《つかさど》っている血管があります」

「ハーシュタットさんの個人記録をあなたはお持ちですか？」

「持っています」

「彼は軍に所属していたことがありますか？」

「いえ、ありません」

「医学研修を受けたことは？」

「わたしの知るかぎりではありません」

「どうして彼は知り得たのでしょう、判事の腋窩という非常に専門的な急所を刺すことを――」

「異議あり！」

サルダーノがふたたび立ち上がった。

「閣下、この証人は、いま弁護人が訊こうとしたことに当て推量ですら可能とするような専門知識を有しておりません」

判事は同意した。

「ハラー弁護士、もしその話を追究したいのなら、外傷専門家を連れてきてください」ファルコーネ判事は言った。「この証人はそういう人ではありません」

「閣下」ハラーは言った。「議論をする機会すらわたしに与えず、異議を認めておられます」

「わたしはそうしましたし、またやりますよ、ハラー弁護士。この証人に対するほかの質問はありますか？」

「ありません」

「ミズ・サルダーノ？」

サルダーノは一瞬考えたものの、これ以上質問はありません、と答えた。判事が陪審に昼食休憩を取るようにと伝えるまえに、ハラーは判事に呼びかけた。

「閣下」ハラーは言った。「わたしはミズ・サルダーノが午後の大半をスタイン医師への反対訊問に費やすつもりでいる、と思っておりました。また、残りの時間をわたしは再訊問に使うつもりでいました。これはじつに意外な事態です」

「なにを言おうとしているんですか、ハラー弁護士？」判事は訊いた。その口調はすでに驚愕《きょうがく》を帯びていた。

「弁護側の次の証人はニューヨークからやってくる予定のDNA専門家です。彼女は午後四時にならないと当地に到着しません」

「順番を変えて、昼食後に連れてこられる証人はいないのですか？」

「おりません、閣下、いないのです」

「なんとまあ」

判事は明らかに不機嫌だった。向きを変え、陪審に話しかけた。きょうの務めは終わりです、と陪審員たちに告げた。家に帰り、本裁判のマスコミ報道をいっさい避け、あすの朝九時にここへ戻ってくるように、と彼らに指示した。ハラーをにらみつけながら、判事は、無駄にした時間の埋め合わせをするため、通常の十時はじまりより早く証言聴取を開始することになるだろう、と陪審に説明した。

陪審員たちが並んで集会室に向かうのを待ってから、判事はさらなる憤懣《ふんまん》をハラーにぶつけた。

「ハラー弁護士、終日法廷で過ごす予定を立てているときに半日しか働かないのは、わたしの好むところではないとご存知のはず」

「はい、閣下。わたしの好むところでもありません」

「本件の進行がどうなろうと対応ができるよう、証人に昨日来てもらえばよかったのではないですか」

「はい、閣下。ですが、そのためには、わたしはホテルのもう一泊分の料金を払わねばなりません。判事はご存知のように、わたしの依頼人は困窮しており、わたしは相当減額された依頼料で裁判所により本件の弁護人に任命されております。わたしの専門家を一日早く呼ぶための裁判所管理者への要望は、財政的理由で拒まれました」

「ハラー弁護士、それでは仕方ありませんが、優秀なDNA専門家はここロサンジェルスにもいます。なぜあなたの専門家をニューヨークから呼び寄せなければならないのですか？」

それはボッシュの脳裏に最初に浮かんだ疑問でもあった。

「そうですね、判事、弁護戦略を検察に明かさねばならないのは、あまり公平だとは思いません」ハラーは言った。「ですが、わたしの専門家は、DNA分析という得意分野では、最上位にいる人物であり、彼女があす証言すればそれが明らかになるだろう、と言えます」

判事はしばらくじっとハラーの様子をうかがい、この議論をつづけるべきかどうか判断しようとしているようだった。最終的に、判事は折れた。

「いいでしょう」彼は言った。「あすの九時まで休廷にします。そのときには証人の用意を整えていてください、ハラー弁護士。さもなければ、残念な結果が待っていますよ」

「はい、閣下」

判事は立ち上がり、法壇をあとにした。

6

「どこにいきたい？」

ふたりはハラーのリンカーンの後部座席にいた。

「どこでもいい」ボッシュが答えた。「人がいないところ。静かなところなら」

「〈トラックス〉が閉店したのは聞いてるか？」ハラーが訊いた。

「ほんとか？　あの店は好きだった。ユニオン駅にいくのが楽しみだった」

「もうあそこがないのを惜しんでいる。裁判のあいだ、いきつけの場所だったんだ。店ができて二十年だった――この街では、それだけつづくのはたいしたものだ」

ハラーはまえに身を乗りだし、運転手に話しかけた。

「ステイス、チャイナタウンに向かってくれ」ハラーは言った。「〈リトル・ジュエル〉に」

ハラーの運転手は女性で、ボッシュは女性が運転手をしているのを見るのははじめてだった。ハラーは依頼人だった人間にリンカーンを運転させているのがつねだった。運転手になることで弁護費用を払っている男たち。ステイスはなんの代金を払っているのだろう、とボッシュは思った。彼女は四十代なかばで、黒人だった。学校教師のようだった。ハラーの運転手たちがたいていそうだったように、ストリートで拾い上げられた人間とはちがっていた。

「で、どう思った？」ハラーが訊いた。

「あの裁判についてか？」ボッシュは答えた。「自供に関して、きみはポイントを稼いだ。ＤＮＡの専門家はそんなに優秀なのか？　ＤＮＡ分析という得意分野というのは、どれくらいはったりなんだ？」

「まったくはったりじゃない。だけど、どうだろうな。彼女は優秀だが、充分優秀かどうかはわからない」

「で、ほんとにニューヨークから飛んでくるのか？」

「言っただろ、まったくはったりじゃない、と」

「じゃあ、彼女はなにをすることになっているんだ？　科捜研を攻撃する？　連中がでっちあげたと証言するのか？」

ボッシュはその手の抗弁にうんざりしていた。Ｏ・Ｊ・シンプソンの場合は、それでうまくいったかもしれないが、はるか昔の出来事であり、その事件にはほかにも数多くの要因が関わっていた。大きな要因が。ＤＮＡの科学は、あまりにもすばらしかった。ＤＮＡの一致は、揺るがしようがない一致だ。もしそれを叩《たた》き潰したかったら、科学を攻撃する以上のものが必要だった。

「彼女がなにを言うのか、おれはわからない」ハラーは言った。「それがわれわれの取り決めなんだ。彼女はけっして虚偽発言をしない。見たままの発言をする」

「まあ、きみに話したように、おれはこの事件をずっと追ってきた」ボッシュは言った。「自供を叩き潰すのは、ひとつの方法だ。だが、ＤＮＡという別の問題がある。なにかしなければ。事件のファイルを持っているか？」

「大半は持っている――すべて裁判の準備資料だ。トランクに入れている。なぜだい？」

「きみのために見てみることができる、と考えていたんだ。もしきみが望むならば。約束はしない。ただ、見ていたとき、どこかおかしいところがある気がしたんだ。なにかが気にかかっている」

「証言がか？　なんだ？」

「わからん。合点《がてん》がいかないものがある」

「まあ、おれにはあしたの証人訊問があり、それだけだ。ほかに証人はいない。もし見るつもりなら、きょう結果が必要だ」

「かまわない。昼食後すぐにとりかかる」

「いいね。全力で取り組んでくれ。ところで、膝の調子はどうだい？」

「いい。日増しによくなっている」

「痛みは？」

「痛みはない」

「医療過誤の訴えをするので連絡してきたんじゃないのか？」

「いや、そういうのじゃない」

「じゃあ、なんだい？」

ボッシュはバックミラーに映る運転手の目を見た。後部座席の会話は聞き耳を立てずとも聞こえてしまっていた。ボッシュは彼女のまえでは話したくなかった。

「腰を落ち着けるまで待ってくれ」ボッシュは言った。

「わかった」ハラーは応じた。

〈リトル・ジュエル〉はチャイナタウンにある店だったが、中華料理ではなかった。純粋にケージャン料理の店だった。ふたりはカウンターで注文すると、店の隅にある充分静かなテーブルに座った。ボッシュは海老《えび》のポーボーイ・サンドイッチを注文した。ハラーはフライド・オイスター・ポーボーイ・サンドイッチを頼み、ふたりぶんの代金を支払った。

「で、新しい運転手だな？」ボッシュが訊いた。

「おれについてくれて三ヵ月になる」ハラーは言った。「いや、四ヵ月だ。運転の腕はいい」

「依頼人なのか？」

「実際には、依頼人の母親だ。彼女の息子は麻薬所持で郡拘置所に一年の刑期で入っている。販売目的での所持に対する訴えは取り下げさせた。おれの側としては、全然悪くない成果だ。母親は弁護料を運転することで払いたいと言った」

「きみは立派な心の持ち主だな。皮肉だぞ」

「人は勘定を払わなきゃならないんだ。おれたちのだれもがあんたのような幸運な年金生活者とは限らない」

「ああ、おれはまさにそうだな」

ハラーは笑みを浮かべた。数年まえ、市がボッシュの年金を減らそうとしたとき、ハラーが代理人となり、交渉に成功を収めていた。

「ところで、この事件だが」ボッシュが言った。「ハーシュタットの事件。どうしてきみが弁護をすることになったんだ？　もう殺人事件を扱わないと思ってたんだが」

「扱わない方針だが、あの判事がおれをこの事件にあてがったんだ」ハラーは言った。「ある日、彼の法廷で別の事件の弁護をおこなっていて自分の仕事に専念していると、あの男はこの事件をおれになすりつけた。おれが、『殺人事件は扱わないことにしているんです、判事、とりわけ、この事件のように注目度の高いものは』と言ったら、向こうは、『きみは扱うんだ、ハラー弁護士』だってさ。そういうわけで、おれは勝てっこない事件を引き受け、いつもならステーキを食べられるのに、ハンバーガーを買う金しかもらえなくなっている」

「どうして公選弁護人が引き受けなかったんだ？」

「利害の衝突だ。被害者のモンゴメリー判事は、元公選弁護人なんだ、覚えているかい？」

「なるほど、なるほど。忘れてた」

ふたりの番号が呼ばれ、ボッシュはカウンターに向かうと、サンドイッチと飲み物を受け取った。ボッシュが料理をテーブルに運ぶと、ハラーはこのミーティングの用件に取りかかった。

「で、裁判の最中《さなか》に電話をかけてきて、話さなきゃならないことがある、とあんたは言った。じゃあ、話してくれ。なんらかのトラブルに陥っているのかい？」

「いや、そういうんじゃないんだ」

ボッシュは一瞬考えをまとめてから、先をつづけた。ボッシュがこのミーティングを設定したのだが、どう進めていいのか、定かではなかった。そもそものはじまりから話すことに決めた。

「およそ十二年まえ、おれはある事件を担当した」ボッシュは言った。「マルホランド・ダムの上にある展望台で、ある人間が死んでいた。後頭部を二発撃たれる処刑スタイルで殺されていた。被害者は医者だと判明した。医学物理士だった。婦人科癌《がん》を専門にしていた。そして、ヴァレー地区にある聖アガタ婦人クリニックに出向き、治療に使用するセシウムをあらいざらい鉛の保管庫から盗みだした。セシウムは行方不明になった」

「その事件のことは覚えているぞ」ハラーは言った。「テロリストがらみの事件だと考えて、FBIが飛びついた。ひょっとしたらダーティーボムかなにかをこしらえるのかもしれない、と」

「そうだ。だけど、そうじゃなかった。別のタイプの事件だった。おれは捜査にあたり、セシウムを回収した。だが、そのまえにおれはたっぷり放射線を浴びてしまった。おれは治療を受け、五年間、定期検診を受けた――胸部X線写真や、ありとあらゆる検査を受けた。毎回、異常はなく、五年後、もう大丈夫だ、と言われた」

ハラーはこの話がどこへ向かうのかわかっているのを示すかのようにうなずいた。

「それで、万事順調で、おれは先月、膝の手術のため入院し、血液検査を受けた」ボッシュは言った。「決まり切った検査だ。ただし、検査結果が戻ってくると、おれはCMLに――慢性骨髄性白血病に――かかっていることが判明した」

「クソ」ハラーは言った。

「その言葉で想像されるほどひどいものじゃない。おれは治療を受けているんだが――」

「どんな治療だ？」

「化学療法だ。最新の化学療法。基本的に、毎日、錠剤を服用する、それだけだ。六カ月間その治療をつづけて、どの段階なのか見極め、さらに積極的な治療をおこなう必要があるかどうかを判断する」

「クソ」

「さっきもそう言ったぞ。副作用は若干あるが、ひどいものじゃない。たんに疲れやすくなっている。おれがきみに検討してもらいたいのは、おれになんらかの訴訟事由があるかどうかだ。娘のことを考えている。もし化学療法がうまくいかないなら、娘に必要なものが揃《そろ》うようにしたいんだ。なにが言いたいかわかるよな？　お膳立てを整えたい」

「この件について彼女に話したのか？」

「いや。話したのはきみが最初だ」

「クソ」

「さっきからそればかりだな。で、どう思う？　ロス市警にまた持ちこめるような労災事由はあるだろうか？　病院はどうだ？　その男は、医師の白衣と名札をつけただけで易々《やすやす》と病院に入り、鉛のバケツに三十二個のセシウム・カプセルを入れ、易々と持ちだした。この一件は腫瘍ラボのゆるい警備態勢をあらわにし、そのあと大々的な変更がおこなわれた」

「だが、あんたにとっては手遅れだった。さて、労災は忘れてくれ。いま話しているのは、大過失案件だ」

「時効はどうなる？　被曝《ひばく》は十二年まえだ」

「このような場合の時計は、診断されるまで時を刻みはじめない。だから、時効に関してはまったく問題ない。あんたが市警を追いだされたときにわれわれがおこなった取引で、あんたは百万ドルを上限とした健康保険を手に入れた」

「ああ。だけど、もしこれで病気になれば――つまり、重い症状になれば――一年でそれだけの金を使いきってしまうだろう。退職金に手をつけるつもりはない。それはマディに渡すことになっている」

「なるほど、わかった。市警を相手にして、われわれは調停に持ちこまねばならないだろうし、示談にこぎつける可能性が高い。病院もいけるだろう。貧弱な警備態勢が、その計略に繋《つな》がり、結果としてあんたの被曝につながった。そこまでいけば百点だな」

ふたりは食べはじめ、ハラーは口をいっぱいにしたまま話をつづけた。

「よし、じゃあ、おれはこの裁判に結着をつける――あと一日、最大でも二日で陪審評決までいく――そのあと、通知を提出する。あんたの証言録取のビデオを撮る必要があるだろう。そのスケジュールを立て、それから先へ進めるのに必要なものはすべて手に入れることになるだろう」

「なぜビデオが必要なんだ――おれが死ぬかなにかした場合に備えてか?」

「それもある。だけど、あんたが話をするところを相手に見せたいというのが主な理由だ。本人から話を聞く。訴答書面や証言録取を書き起こしたものを読むのでなく、ビデオで見れば、相手はビビりまくる。相手は自分たちが負ける側にいるのに気づくんだ」

「わかった。じゃあ、準備をしてくれるんだな？」

「ああ。うちにはしょっちゅうそういうことをやっている人間がいる」

ボッシュはサンドイッチをかろうじて一口食べただけだったが、ハラーは半分ほど食べ終えていた。ボッシュは、午前の裁判がハラーを空腹にさせているのだろう、と推測した。

「おれはこの件を表に出したくない」ボッシュは言った。「言いたいことはわかるだろ？　マスコミには出さない」

「その約束はできんな」ハラーは言った。「プレッシャーをかけるのにマスコミを利用できることがときにはある。任務を遂行中にその物質に汚染されたのはあんただ。信じてほしいんだが、大衆の共感は十中八九、容易に得られるぞ。そしてそれが強力な道具になりうる」

「わかった、じゃあ、こうしてくれ――この件がマスコミに伝わるなら、事前に教えてもらわねばならない。そうすればまずマディに話ができる」

「そこの部分は約束できる。ところで、その事件の記録は残しているかい？　おれが目を通せるようなものはあるか？」

「このあと、おれの車まで乗せていってくれ。時系列記録と、重要な報告書の大半を持っている。万一に備えて、当時、コピーを取っておいたんだ。それらを全部車に載せて持ってきた」

「オーケイ。戻って、ファイルを交換しよう。その資料をおれに寄越してくれ。おれはハーシュタットに関して持っているかぎりの資料を渡す。取引成立かい？」

「成立だ」

「ハーシュタットの資料調べは急いでもらう必要がある。おれには時間がほとんどない」

BALLARD

7

テントは温かく、快適で、バラードは安全な気持ちでいた。だが、そのとき、灯油の煙が口と鼻と肺に侵入し、突然熱くなり、テントがまわりで溶けて、燃えはじめた。

バラードは驚いて上体を起こした。髪の毛はまだ湿っていた。腕時計を確認する。三時間しか眠っていなかった。寝直すことを考えたが、夢の残滓《ざんし》がまだ自分のなかにあった。灯油のにおいが感じられた。顔のまえに来ている髪の毛を鼻の下に引き寄せた。パドルのあとで使ったシャンプーの林檎《りんご》の香りがした。

「ローラ」

飼い犬がテントの開口部から飛びこんできて、バラードの横にやってきた。ローラはボクサーとピットブルのミックス犬だった。バラードはローラの幅広く、硬い頭を撫《な》で、悪夢の恐怖が退いていくのを感じた。昨夜、テントのなかにいたあの男は最後に目を覚ましたのだろうか。そうでなければいいのだが、とバラードは願った。ドラッグかアルコールにどっぷり浸《つ》かって、痛みを感じず、あるいは自分が死にかけているのを知らずに済んでいたらいいのにと願った。

バラードは自分のテントの側面に手を走らせた。ナイロン生地であり、火災の熱でテントが屍衣のように自分の上に溶け落ちるところを想像した。意識があろうとなかろうと、あの男性は恐ろしい死に方をしたものだった。

バラードはバックパックから携帯電話を取りだし、メッセージをチェックした。電話もショートメッセージもきておらず、放火班の調査官ヌチオから一件電子メールが入っているだけだった。バラードの報告書を受け取ったということと、自分の報告書は完成したら送るということを伝えていた。彼と彼のパートナーは、今回の焼死は事故であると考えており、被害者の身元は、身につけていた身分証明の書類がなんであれ、テントとともに焼けてしまったため、未確認のままである、とも記していた。

バラードは携帯電話を仕舞った。

「散歩にいこう、お嬢ちゃん」

バラードはバックパックを持って、テントから出ると、まわりを見まわした。三十メートルほど離れたところにローズ・アヴェニュー監視塔があり、無人のようだった。海にはだれもいなかった。泳ぐには寒すぎた。

「アーロン?」バラードは呼びかけた。

ライフガードは、監視塔の土台の上に巻き毛の頭を突きだした。彼はベンチに寝そべってずっとそこにいたんだろうか、とバラードは思った。自分のテントとその隣の砂の上に置かれたパドルボードを指し示した。

「荷物を見張っててくれる? コーヒーを買いにいくの」

アーロンは親指を立てて、了解の意を示した。

「なにか要る?」

アーロンは親指を下に向けた。バラードはバックパックのジッパーで開閉するポケットのひとつから、リードを取りだし、ローラの首輪にカチリとはめると、片方の肩にバックパックをかけ、海から百メートル離れたビーチの遊歩道に沿って並んでいるレストランと観光客相手の店の列に向かった。

バラードは、ウェストミンスター・アヴェニューの〈グランドワーク〉へいき、ラテを買って、店の奥の隅にあるテーブルを確保した。そこだとほかの客の関心を惹かずに作業ができる。ローラはテーブルの下に体を滑りこませ、快適な場所を見つけると、横になった。バラードはバックパックをひらき、ノートパソコンと、ボッシュが置いていった殺人事件調書を取りだした。

今回、バラードは調書をあちこち飛びまわらないよう決めた。とにかく、最初のセクションがもっとも重要だった。時系列記録だ。基本的に事件日誌であり、この事件の担当になった刑事たちが自分たちのすべての動きと、捜査中に取った手順を記したものだった。

調書を読みはじめるまえにバラードはノートパソコンをひらき、ロス市警職員アーカイブで、ジョージ・ハンターと彼のパートナーであるマクスウェル・タリスの名前を調べ、ふたりの刑事がずいぶんまえに定年退職しているのを確認した。ハンターは一九九六年に、タリスはその翌年に。ハンターはその後亡くなったようだったが、タリスはまだ年金を受け取っていた。これは貴重な情報だった。もしヒルトン殺害事件の徹底的な再評価をおこなおうと判断した場合、事件に関してタリスが覚えていることについて当人と話をする気になるはずだからだ。

バラードはノートパソコンを閉じ、殺人事件調書をひらいた。時系列記録の最初の記入項目から読みはじめる――出動要請だ。ある金曜日の朝、ハンターとタリスがハリウッド分署の刑事部のそれぞれの机にいたところ、連絡を受けた。メルローズ・アヴェニューとフリーウェイ101号線の高架橋が交わるあたりの外れにある商店街の裏の路地に駐車した一台の車にパトロール警官たちが遭遇したのだった。ふたりの刑事は、鑑識と検屍局のチームとともに出動要請に応じた。

被害者は白人男性で、一九八八年製トヨタ・カローラの床に落ちていた財布のなかで見つかった運転免許証から、ジョン・ヒルトン、二十四歳と一応の身元確認がなされた。免許証の写真は、前部座席でセンター・コンソールに覆い被《かぶ》さるように右側に倒れている男性の顔と一致しているようだった。

免許証の名前と生年月日をコンピュータで調べたところ、このヒルトンという男は、ホテル王の一家の末裔《まつえい》ではなく、麻薬所持と住居侵入の罪で三十ヵ月服役した州刑務所から一年まえに釈放された前科者だと判明した。

捜査責任者の刑事として、ジョージ・ハンターが、時系列記録の初期の入力事項すべてを記入しており、それぞれの記入に自身のイニシャルを記していた。それによって、バラードは、当初どのように捜査の焦点が定められていたのか、よく知ることができた。バラードが殺人事件調書に最初にざっと目を通したところでは、この事件の捜査は、被害者の麻薬濫用と軽犯罪の前歴に手がかりを得ようとしていた。ハンターとタリスは、この事件が麻薬がらみの強奪殺人で、ヒルトンは、たった一回のヘロイン注射のような安い対価のために殺されたのだ、と明白に信じていた。

バラードは、現在、深夜勤務帯で刑事を必要とするすべての通報を扱っていたが、以前の配属先では、殺人事件担当刑事として、ダウンタウンの市警本部で特別な殺人事件の捜査にあたっていた。ロス市警の性的問題に見て見ぬふりをする方針と、組織的な女性蔑視《ミソジニー》のせいで、バラードは、重要度の低いポストに異動させられたが、殺人事件捜査員としての技倆《ぎりょう》は衰えていなかった。ボッシュは、前年、ある事件で偶然出会ったとき、そのことに気づいて、それをうまく利用した。ふたりは、この先、いっしょに事件に取り組む約束をした。オフレコで、ロス市警のレーダーの下をかいくぐる形ではあるが。ボッシュは、ロス市警を退職し、アウトサイダーであり、もはやロス市警のルールや手続きに阻止されなかった。バラードは、退職していないが、深夜勤務帯に勤めていることで、あきらかに注目されず、軽視されていた。それによってバラードはインサイダーであると同時にアウトサイダーになった。いまや、彼女の殺人事件捜査員としての技倆のすべてが、これが重要な事件である可能性がきわめて高いと告げていた——三十年近くまえに一発の銃弾でけりをつけられたたった八十ドルの麻薬の強奪事件が。そこにはジョン・ジャック・トンプスンの胸につかえ、彼の炎を燃やしたなにかがあったかもしれないが、それがなんであれいまではとっくに失われていた。

バラードは、ヒルトンがタレコミ屋ではないかとまず疑いはじめた。おそらくトンプスンのために働いていたタレコミ屋で、だからこそ、担当事件でもないのにトンプスン刑事はこの事件に能動的な関心を寄せたのだろう。バラードはバックパックからノートを取りだした。そこに最初に記したのは、ボッシュへの質問だった。

ほかに何冊ＪＪＴは殺人事件調書を盗んだの？

それはこの事件への関心レベルに結びつくことから、重要な質問だった。ボッシュは正しかった。もしトンプスンがこの殺人事件調書をとくに選んで盗んだ理由を突きとめられたら、動機の核心に迫り、容疑者を浮かび上がらせることができるかもしれない。だが、時系列記録の初期の記入にあるように、この事件は、行きずり殺人だった——もしそう呼ぶようなものがあればだが——事件当時でもほとんど解決するのが難しいものだったろうし、ましてや二十九年も経っているのだからはるかに難しいだろう。

「クソ」バラードはつぶやいた。

ローラが警戒感をあらわにして、頭をもたげ、バラードを見上げた。バラードは飼い犬の頭を撫でた。

「大丈夫、お嬢ちゃん」バラードは言った。

　バラードは時系列記録に戻り、読み、メモを取りつづけた。

ヒルトンの車のギアはニュートラルに入ったままだったが、キーはイグニションに入れられ、オンのポジションにまわされていた。ガソリン・タンクが空になったので、エンジンは止まっていた。ヒルトンは車に乗ったまま麻薬購入をしようと路地をゆっくり進んでいて、停車し、ギアをニュートラルに入れたところで撃たれたものと推測された。ヒルトンが路地に入ったときどれほどガソリンがタンクに残っていたのか特定しにくかったが、検屍局の調査官は死亡時刻が午前零時から午前四時までのあいだと見積もった。店舗のオーナーが出勤して、店の裏に車を停めようとして死体を発見するまで、四時間から八時間あったことになる。

　車の四つの窓すべてがあいていた。ヒルトンは右耳のうしろを直射されていた。このことから、捜査担当刑事たちは、容疑者がふたりいる可能性があるという推測を導きだした——運転席側にひとりが近づいて、ヒルトンの関心を惹き、もうひとり——殺害実行犯——が助手席側にやってきて、窓に銃を伸ばし、ヒルトンが反対側の窓を向いたところを処刑したのだ、と。この見立ては、殺害凶器から排出された薬莢の場所からも裏付けられた。薬莢は助手席のフロアマットで発見されていた。銃弾が車の右側から発射されたことを示している。そして、ヒルトンは運転席側のドアに寄りかかった可能性が高かったが、ポケットをまさぐられた際にセンター・コンソールのほうに押し戻されていた。事件現場写真では、ズボンの前ポケットが両方とも引っ張りだされていた。

バラードには、その殺害犯ふたり説と犯行方法は、これが強盗事件だという考えから少し逸《そ》れるような気がした。もっと冷酷で、もっと計算されたものだ、と。計画的犯行のように思えた。麻薬がらみの強奪も、ある程度計画されたものかもしれないが、このような緻密さとは縁遠いのが普通だった。もともとの刑事たちは最初から間違った動機に焦点を絞っていたのかもしれないという気がバラードにはしだした。捜査において視野狭窄《きょうさく》に繋がりかねなかった。ハンターとタリスは、自分たちの前提に合致しない手がかりをすべて無視したのだ。

バラードは、ふたりの犯人が関わっているというもともとの刑事たちの見立て——ひとりが左側からヒルトンの注意を惹き、もうひとりが右側から車のなかに手を伸ばして発砲した——も割り引いて考えることにした。単独の銃撃者でも、容易に殺害ができただろう、とバラードにはわかった。ヒルトンの関心を左に向けるために路地にあるなんでも利用できただろう。

バラードはこうしたことをすべて忘れずにボッシュにぶつけてみたかったので、あらたにメモを取ってから、時系列記録に戻った。

ハンターとタリスは捜査の焦点を現場すぐ近くの地域や、路地で麻薬を売っていたのが知られている売人に絞り、容疑者を見つけだそうとした。ふたりの刑事が、街に出ているハリウッド分署の麻薬調査員を率いる巡査部長に確認したところ、自分のチームは、周辺地域で麻薬取引の現場を押さえる覆面作戦を不定期におこなっている、と語った。そこはフリーウェイ101号線に近いことから、よく知られた麻薬取引の場だった。客たちはハリウッドにやって来て、メルローズ・アヴェニューでフリーウェイを降り、麻薬を購入して、フリーウェイに舞い戻り、その取引から遠ざかろうとする。加うるに、その場所は、いくつかの映画撮影所に近かった。買った麻薬を直接自分たちのところに届けさせる上のクラスのクリエーターは別にして、そこの従業員たちは、出勤途上や退勤時に車に乗って麻薬を買っていた。

時系列記録には、その地域での麻薬購買客は大半が白人で、密売人はサウスＬＡのストリートギャングからブツの供給を受けている黒人男性がもっぱらである、と記されていた。ローリング・シクスティーズ・クリップ団がハリウッドのそのあたりを縄張りと主張し、暴力によって支配していた。ジョン・ヒルトンの殺害は、彼らの商売にとって都合が悪かった。警察活動がその地域で活発になり、さまざまなものをシャットダウンさせたからだ。時系列記録のひとつのメモには、ローリング・シクスティーズが自分たちで殺害犯を突きとめようとしていると、ある情報提供者がギャング担当警官に話したと記されていた。犯人を消して、見せしめにするために。まず商売が先で、次にギャングへの忠誠だった。

そのメモはバラードを凍りつかせ、自分は無駄骨を折っているのではないか、という気持ちにさせた。ローリング・シクスティーズが、何十年もまえにジョン・ヒルトンの殺害犯を捕らえ、処刑した可能性があった。ロス市警はそのふたつの事件を結びつけることができないままで。

どうやらおなじ疑問にひるまなかったようで、ハンターとタリスは、その地域で商売をしているのが知られている密売人のリストをまとめ、彼らを連行して聴取をはじめた。そうした聴取で容疑者あるいは事件の手がかりは浮かんでこなかったが、バラードは、その聴取が不完全であることに気づいた。リストに載っていた数名は、行方がわからないか、あるいは聴取されていなかった。そのなかにエルヴィン・キッドという名の男がいた。ストリート・ボスの地位にあるローリング・シクスティーズ・クリップ団のメンバーで、ヒルトン殺害事件が起こった地域を仕切っていた。

刑事たちはもうひとりの密売人、ディナード・ドーシーも完全に避けていた。ドーシーが貴重な情報提供者であるがゆえに近づいてはならない立場にある、と伝えられたのだ。タレコミ屋の取扱担当者――ブレンダン・スローンという名の重大麻薬取締《とりしまり》課刑事――が聴取をおこない、手駒の男はヒルトン殺害に関して価値のあることはなにも知らないという報告を寄越した。

バラードはすべての名前を書き記した。殺人課刑事ふたりがすべての密売人を聴取せず、タレコミ屋の訊問を署の取扱担当者に任せたのが気にかかった。バラードには、この事件捜査のその部分が不完全に見えた。怠惰なのかほかのなにかが妨げになったのか、バラードにはわからなかった。ロサンジェルスにおける殺人事件数は、八〇年代後期と九〇年代初期が市の歴史のなかでもっとも多かった。ハンターとタリスには当時担当しているほかの殺人事件があり、ひっきりなしに新しい殺人事件が起こっている可能性があった。

一時間ともう一杯のラテでバラードは時系列記録に最後まで目を通した。バラードに衝撃を与えたのは、事件一周年の日にタリスの書きこみが次のように終わっていたことだった――

現時点であらたな手がかりも容疑者も浮かんでいない。事件は未解決のままで、

捜査は継続中である。

それだけだった。事件に関してどのように能動的に捜査継続中なのか、いっさい説明はなかった。

たわごとだ、とバラードにはわかった。事件は手がかりや捜査の実行可能なアプローチ方法を欠いて、きしみを上げて止まってしまったのだ。刑事たちは、何者かが殺害犯の名前を告げにやってくるという殺人課で言われている妙薬を待っていた。そういう人物は九分九厘、暗黒街の住民にちがいなかった——逮捕され、起訴に直面し、窮地を脱するための取引を求める人間のはずだった。そうなってはじめて彼らは動きだせる名前を手に入れるのだ。そのため、〝未解決で捜査継続中〟になっていたが、ハンターとタリスはほかの事件に取り組んでいた。

バラードにとってショックだったのは、もうひとつ、ジョン・ジャック・トンプスンの作業がないことだった。この殺人事件調書を抱えている歳月のあいだ、ジョン・ジャックは、調書になにも加えていないようだった。彼がなんらかの行動を起こしたことを示す形跡は時系列記録に見当たらなかった。なんらかの聴取をおこなったり、事件に関してなんらかの新情報を加えたりはしていなかった。ジョン・ジャックは、元の捜査記録を変えたり、汚したりしないように自身の個人的な捜査メモを別にとっていたのだろうか、とバラードは思った。その点についてボッシュと話さねばならないだろうし、第二の殺人事件調書はたまたまトンプスンがこの事件に取り組んだなんらかの記録があるかどうか確かめるため、トンプスンの自宅やホームオフィスに戻らねばならないだろう、とわかった。

バラードは、時系列記録から、集めた証拠や証人への聴取に基づいて捜査員たちがファイルしたもっと分厚い報告書に移動した。殺人事件調書の被害者セクションで、バラードは、タリスがまとめ、聴取や公的記録から抜きだした被害者の経歴を読んだ。被害者の母親と義理の父親は殺害事件当時、まだ存命だった。文書によれば、サンドラ・ヒルトンは、息子の死去に驚きを示さず、あの子はコルコラン州刑務所から刑期を終えて帰ってくると別人になっていた、と言った。刑務所での経験で壊れてしまったようで、四六時中、クスリでハイになる以外のなにも望んでいなかったという。刑務所から戻ってきて、社会に解けこもうという努力をいっさいしないように見えると、自分たち夫婦は、すぐに家からジョンを追いだした、と母親は認めた。画家になりたいと言っていたのに、それを職業とするための努力をなにもしなかったという。麻薬常用を維持するために夫妻から金を盗みつづけたそうだ。

ドナルド・ヒルトンが、トルカ・レイク地区にある一家の家からジョンを断固として追い払った。ドナルドは、ジョンが養子であり、自分がサンドラと出会い、結婚したときには、彼がすでに十一歳になっていたことにすぐに言及した。ジョンの実父は、その十一年間でジョンの人生の一部であったことはなく、ドナルドによれば、少年には行動上の問題がすでに解決できないほど深く根付いていたという。自分が育てた若者に血の繋がりがないことが、のちに疚《やま》しさを覚えずに家から蹴りだすのをドナルドに可能にさせたようだった。

その報告書のある箇所が黒いマーカーで編集されていた。聴取の要約書の中央にある二行が完全に黒で消されていた。殺人事件調書はもともと機密文書であることから、この編集は奇妙なことにバラードには思えた。この黒塗り措置は、事件が起訴され、殺人事件調書の書類が開示書類の一部になり、弁護側に引き渡されたときに起こる。そのような場合には、情報提供者やほかの人間の名前を隠すために編集措置が取られた。だが、今回の事件は、起訴にはいたらなかった。そのため、被害者両親の聴取に、隠したり秘密にしなければならなかったりするなんらかの情報が含まれているのは、バラードには奇妙に思えた。バラードは、バインダーのリングをひらき、そのページを抜き取って、裏面を調べ、黒塗りされた文字の一部が透けて読めないかどうか確かめた。

なにも読み取れず、バラードはそのページをバインダーのいちばん前に移動させ、調書をひらくたびにその異常性を思い浮かべることができるようにした――事件ファイルのなかのどんな情報が隠されたのだろう？　そしてだれがその隠蔽をおこなったのか？

ほかの証人の聴取のまとめを読み返して、バラードが注目すべき疑問点として抜きだしたのはひとつだけだった。ヒルトンはネイサン・ブラジルという名の男性とノース・ハリウッドにある共同住宅で部屋をシェアしていた。ブラジルはハリウッドのアーチウェイ・スタジオの製作助手だと記されていた。そのスタジオがパラマウント・スタジオに近い、メルローズ・アヴェニューにあるのをバラードは知っていた――そしてヒルトンが殺された場所にも近かった。ブラジルは捜査員たちに、自分は映画製作で殺害事件当夜は働いていた、と話した。そしてヒルトンがスタジオの警備員つきエントランスに立ち寄り、ブラジルを訪ねてきたという。ブラジルは数時間後にヒルトンの残した伝言に気づいたが、そのときにはヒルトンはいなくなっていた。おそらくヒルトンはスタジオをあとにして、メルローズ・アヴェニューを進み、あの路地に行き当たって、そこで撃たれ、殺されたのだろう。ヒルトンが職場に来るのは珍しかった、とブラジルは捜査員たちに話した。以前にそんなことは一度もなく、なぜヒルトンがそんなことをしたのか、あるいは彼がなにを望んでいたのか、ブラジルは知らなかった。

それもまたハンターとタリスが解決しなかった謎のなかのあらたな謎だった。バラードは、自分のメモを見た。あとで調べ、もし対象者がまだ生きているのなら、聴取しなければならないであろう何人かの名前をバラードは書き記した。

マクスウェル・タリス
ドナルド・ヒルトン
サンドラ・ヒルトン
トンプスンの未亡人
ヴィンセント・ピルキー、密売人
ディナード・ドーシー、密売人／タレコミ屋（警察に守られている）
ブレンダン・スローン、麻薬取締担当刑事
エルヴィン・キッド
ネイサン・ブラジル、ルームメイト

ジョン・ジャック・トンプスン未亡人が生存しており、おそらくはマクスウェル・

タリスも存命であろうことをバラードは知っていた。ブレンダン・スローンもまだ生きていた。実を言うと、バラードはスローンをよく知っていた。ヒルトン殺害事件以来、二十九年のあいだにスローンは、麻薬取締担当刑事から出世して市警副本部長までのぼりつめていた。彼はウェスト方面隊の指揮官だった。バラードはスローンと直接会ったことはないが、ハリウッド分署がウェスト方面隊の旗の下に下って以降、スローンは厳密な意味ではバラードの上司だった。

バラードの背中が凝っていた。強い向かい風に逆らって、けさきついパドルを漕《こ》いだのと、睡眠不足、二時間座っていた堅い木の椅子の組み合わせのせいだった。バラードは殺人事件調書を閉じ、残りのページと報告書はあとで目を通そうと決めた。手を伸ばし、ローラの首筋を掻いてやる。

「ダブルに会いにいこう、お嬢ちゃん！」

犬の尻尾が激しく揺れた。ダブルはローラの友だちだった。ペットケア施設で飼われているフレンチブルドッグだ。バラードが働いている大半の夜と一部の昼間、ローラはそこで過ごしていた。

バラードは事件に取り組みつづけられるようにローラを預けていかなければならなかった。

8

バラードはまず証拠保管課へいき、ジョン・ヒルトン殺人事件の事件番号が記された封印済み証拠保管箱を調べた。すぐにそれが当年二十九歳の箱ではないとわかり、封印テープはそうなるだろうという予想どおりに黄変してはいなかった。箱は明らかに詰め直されていたが、それは異例なことではなかった。証拠保管課は巨大な倉庫だったが、すべての証拠をそこに保管するにはそれでも小さすぎた。整理統合の計画が進行中であり、古い、埃まみれの証拠保管箱は、スペースを節約するため、小さめの箱に詰め直されることがよくあった。バラードは、すべてが手つかずのままだと確認できるよう、殺人事件調書の証拠リストを手にしていた——被害者の着衣、個人的所持品など。彼女はおもにふたつのものを探していた——解剖中にヒルトンの死体から摘出された使用済み銃弾と、車の床から回収された薬莢のふたつ。

バラードは、箱の署名シートを確認し、六年まえにおこなわれた詰め直しを別にすると、ほぼ三十年近くまえにもともとの担当だったふたりの刑事――ハンターとタリス――によって証拠保管課に置かれてから、この箱が開封されたことがない様子だとわかった。これは一般的に異例ではなかった。容疑者が浮上することがなく、殺害犯につながるとして集められた証拠を分析する必要がなかったからだ。ハンターとタリスは証拠を集め、殺人事件調書に証拠保管箱の中身のリストを加えた。彼らは自分たちの手持ちの証拠になにがあるのか知っていた。自分たちの目で見て、保管していた。

しかしながら、バラードが興味を覚えたのは、ジョン・ジャック・トンプスンが、殺人事件調書を入手し、どうやら事件調査に取り組みはじめたようだったのに、一度も証拠保管課を訪れて、証拠保管箱を引きだしていないことだった。ジョン・ジャックは、一度も物証を調べていなかった。

それはバラードがおこなった文字どおり最初の行動だった。なるほど、殺人事件調書に証拠品リストはあったが、バラードは自分の目で証拠を見たかった。それは事件現場写真の拡大をするように、刑事なら本能的にとる行動だった。そうすることで事件に近づき、被害者により近づくことができる。バラードはこの必要なステップを経ずに事件に取り組めるとは思えなかった。それなのにトンプスンは、二世代にわたって刑事の指導者だった人間は、その選択肢を選ばなかったようなのだ。

バラードはその疑問を脇に置き、箱の中身を調べはじめた。殺人事件調書のリストと照らし合わせ、着衣それぞれと、カローラから回収されたすべての品物を吟味した。事件現場写真で目にして、実際に現物を見たいというものがあった——車の前部座席のあいだにあるコンソールに入っていた小さな手帳だ。証拠品リストの記入では、たんに**手帳**となっていて、中身についてはなにも記されておらず、あるいはヒルトンが車の運転席のかたわらに手帳を置いていた理由の詳細についてもいっさい記されていなかった。

手帳はコンソールのなかにあったほかの品物といっしょに茶色い紙袋に入れられていた。紙袋にほかに入っていたのは、ライターと麻薬吸飲用パイプ、合計八十七セント分の小銭、一本のペン、ヒルトンが亡くなる六週間まえに切られた駐禁切符だった。その駐禁切符はもともとの捜査員たちによって詳細に調べられており、殺人事件調書には、彼らの努力を記した報告書が入っていた。切符は袋小路《ふくろこうじ》に行き当たったようだった。その切符は、ヒルトンの友人が住んでいたロスフェリスにある通りで切られていた。友人の記憶によれば、ヒルトンは継父から譲り受けたクロックラジオを売りつけに来たという。だが、結局、ヒルトンは、友人からヘロインを分け与えられ、そのアパートに数時間滞在することになった。ヒルトンが友人のアパートでうとうとしているあいだに車は違反切符を切られていた。ハンターとタリスはその切符が捜査に無関係であるとみなしており、バラードはそれに反する考えを抱かせるようなものをなにも見いださなかった。

バラードは手帳をひらき、ヒルトンの名前と、コルコラン刑務所の囚人番号と思《おぼ》しき数字が手帳の内側のフラップに書かれているのに気づいた。手帳の各ページは、おもに険しい顔つきをした男たちの鉛筆描きの下絵や完成したスケッチで充《み》たされていた。多くの人間が顔や首にタトゥを入れていた。ほかの囚人たちだ、とバラードは推測した。書き上がった絵はとても上手で、ヒルトンにはなかなか絵の才能があるとバラードは思った。ヒルトンが麻薬中毒者であり、小盗人《こぬすびと》である以外の一面を持っていると知って、人間らしく思えた。たとえなにをやっていようと、だれも車のなかで撃ち殺されていいわけがなかったが、人間的な繋がりを得られるのは役に立った。刑事がなんとかして燃やしつづける必要がある炎に燃料を加えてくれた。ハンターあるいはタリスはたまたトンプスンは、この手帳を通じてヒルトンと繋がりを得たんだろうか。それは疑わしい、とバラードは思った。もし彼らがそれを得たのなら、刑事が炎をかきたてる必要があったとき、手帳を目にして、ひらけるように殺人事件調書に入れておかれたはずだからだ。

バラードは手帳を最後までめくった。ひとつのスケッチに目が止まり、そのページをひらいたままにした。頭を剃り上げた黒人男性のスケッチだった。男は絵描きに背を向けており、その首には中央に数字の60が記されている六芒星《ろくぼうせい》が描かれていた。すべてのクリップ団やシンパは、六芒星のシンボルを共有している、とバラードは知っていた。その六つの先端が、ギャングの初期の利他的な目標を象徴していた——愛と生命と忠誠と理解と知識と智慧。星の中央にある60がバラードの目を捉えた。それはスケッチの対象者がローリング・シクスティーズ・クリップ団員であることを示していた。ヒルトンが殺された路地で麻薬売買を仕切っている悪名高い凶暴なギャング一派の一員である、と。それは偶然だろうか？　ヒルトンは刑務所にいるあいだにこの男をスケッチしたようだ。釈放から二年も経たぬうちに、ヒルトンはローリング・シクスティーズの縄張りで殺された。

こうしたことはバラードがこれまで読んだ殺人事件調書のどの報告書にも記されていなかった。もう一度チェックすること、とバラードは心のなかでメモした。重要な手がかりかもしれないし、たんなる偶然かもしれない。

バラードはさらに手帳をめくり、あらたな絵を目にした。ローリング・シクスティーズのタトゥを入れたおなじ男の絵かもしれない、とバラードは思った。だが、男の顔はあさってのほうを向き、陰になっていた。確信は持てなかった。すると、自画像と思えるものを見つけた。犯罪現場写真で目にした男の顔のようだった。その絵のなかで、男は濃い隈《くま》がある怯《おび》えた目をしていた。男はなにかを怖れている様子だった。その絵のなにかがバラードの胸を強く打った。

バラードは証拠保管課から借りだす品物にその手帳を加えることに決めた。そこに描かれた絵は、数年まえ、バラードが強盗殺人課に配属になったとき、未解決事件班によって解決されたある事件のことを思いださせた。ミッチ・ロバーツ刑事が三件の売春婦殺人事件をサム・リトルという名の住所不定の人間に結びつけた。リトルは逮捕され、有罪判決を受けた。すると、リトルは、刑務所から、四十年以上にわたって全米で自分がおこなった何十件もの殺人を自供しだした。被害者たちはみな、社会のはみだし者——麻薬中毒者や売春婦——だった。社会や警察は彼らを軽んじ、ほとんど関心を向けていなかった。リトルは画家で、被害者たちのスケッチを描いた。刑務所に訪ねてきた捜査員たちが被害女性や事件を突きとめるのにそのスケッチが役立つように。リトルは被害者の姿を頭のなかに留めていたが、名前を覚えていることはほとんどなかった。リトルには絵を描く道具が一揃い与えられ、彼の絵は色をつけて描かれた、とても写実的なもので、最終的に複数の州の被害者と一致し、事件解決に役立った。だが、それらの絵はサム・リトルに人間味を与える役には立たず、彼の被害者たちに人間味を与えただけだった。リトルは被害者になんら慈悲を示さぬサイコパスと見なされ、絵を描いた見返りに慈悲をもらうには値しなかった。

バラードは銃弾の証拠と手帳を借りだして、証拠保管課をあとにした。外に出ると、ボッシュに電話をかけた。

「なにがあった?」

「いま証拠保管課から出たところ。銃弾と薬莢を借りだした。あしたは、銃弾の持ちこみ検査を受けつけてくれる水曜日。勤務が終わったら、すぐに向かう」

「いいね。ほかになにか箱に入っていたか?」

「ヒルトンはスケッチ画家だった。車に手帳を置いていて、そこには刑務所時代のスケッチが描かれていた。手帳も借りだした」

「どうして?」

「なぜなら、ヒルトンは絵がうまいと思ったから。資料に目を通してみて、ほかにいくつか調べてみたいものがある。会いましょうか?」

「おれはきょう別件で忙しいんだが、少しの時間なら会えるだろう。近くにいるんだ」

「ほんと? どこ?」

「〈ニッケル・ダイナー〉だ。知ってるかい?」

「もちろん。十分でいく」

9

ボッシュが奥の四人掛けテーブルにノートパソコンをひらき、いくつか書類を広げているのをバラードは見つけた。日中の遅い時間になったので、店の経営者は彼がその場所を独占するのを許していた。半分になったチョコレートフロスト・ドーナッツの載った皿がテーブルに置かれていて、ボッシュはコーヒー以外なにも買わずに何時間もテーブルを独占しているただ乗りの人間ではなく、金を払っている客なのだ、とバラードは得心した。

テーブルに腰を下ろすと、空いている椅子の一脚に杖が引っかけられているのにバラードは気づいた。自分が近づいてきたのに気づいたボッシュが書類を片づけようとしだしたのを見て、バラードは両方のてのひらを上に向け、なにがあったの？　という仕草をした。

「わたしが見たなかであなたは最高に忙しくしている引退者ね」

「そうでもない。ちょっとこれをすぐ見てみると言ったんで、そうしているところなんだ」

バックパックを右側の無人の椅子に置きながら、バラードはボッシュが片づけようとしていた書類の一枚のレターヘッドをかいま見た。「弁護士マイクル・ハラー」と書かれていた。

「ああ、嫌だ、あんなやつのために働いているの?」

「どんなやつだ?」

「ハラーよ。あいつのために働いているなら、悪魔のために働いているのも同然」

「そうかな? なぜそんなことを言うんだ?」

「刑事弁護士じゃない。そればかりか、腕利きなのよ。あいつは刑罰を免れちゃならない連中を免れさせている。わたしたちがやっていることを無駄にしている。どうしてあいつと知り合いになってるわけ?」

「過去三十年間、おれは裁判所で多くの時間を費やしてきた。あの男もおなじだ」

「それってモンゴメリー判事の事件?」

「どうしてそれだと知ってるんだ?」

「知らない人間なんている? 判事は裁判所のまんまえで殺されたの——注目を浴び

るでしょう。それにわたしはモンゴメリー判事が好きだった。あの人が刑事裁判の法廷にいるとき、わたしはときどき令状をもらいにいったの。あの人は法律に厳密に従う人だった。あるとき、廷吏に判事室に通され、令状に署名をもらおうとしたところ、なかに入って見まわしても判事はいなかった。すると、判事の声がしたの、『ここだ』と。判事は煙草《たばこ》を吸うため、窓をあけ、窓台に突っ立っていたの。十四階の窓の外で立っていたわけ。裁判所の建物のなかで喫煙してはならないルールを破りたくなかったのだ、と言ってたわ」

ボッシュはファイルの束を右側の空いた椅子に置いた。だが、話はそれで終わりではなかった。

「どうかな」バラードは言った。「わたしたちの……取り決めを考え直さなきゃならないかも。つまり、あなたが敵側で働くつもりなら」

「おれは敵側であれダークサイドであれ、きみが好きに呼んでいいものの側に立って働いてはいない」ボッシュは言った。「これは一日ですむ仕事であり、実際には無償でやっていることだ。おれがきょう裁判所にいったところ、合点がいかないことがあった。おれはファイルを見せてくれと頼み、実を言えば、きみが入ってくる直前に重要なことを見つけたんだ」

「弁護側を助ける重要なこと？」

「陪審が知っておくべきだと思う重要なことだ。それがだれを助けようと関係ない」

「うへっ、それってダークサイドの人間の言い方だよ。あなたは敵側についたんだ」

「なあ、モンゴメリー事件の話をしにここに来たのか、それともヒルトン事件の話をしに来たのか？」

「落ち着いて、ハリー。わたしは身を粉にしてあなたのために働いているところよ」

バラードはバックパックを引き寄せ、ジッパーをひらくと、ヒルトンの殺人事件調書を取りだした。

「ところであなたは調書に目を通したのよね？」バラードが訊いた。

「ああ、きみに届けるまえに」ボッシュは答えた。

「さて、ふたつある」

バラードはバックパックに手を伸ばし、検査に出す証拠を入れた封筒を取りだした。

「証拠保管課から箱を引っ張りだし、銃弾と薬莢を借りだした。あなたがまえに言ったように、わたしたちは運がよかったかもしれない」

「それは朗報だ」

「それから箱のなかにこれも見つけた」

バラードはバックパックに再度手を入れ、証拠保管箱で見つけた手帳を取りだした。それをボッシュに手渡す。

「犯行現場写真のなかで、この手帳は車のセンター・コンソールのなかに入っていた。ヒルトンにとって大切なものだったと思う」

ボッシュは手帳のページをめくりはじめ、スケッチを見た。

「オーケイ」ボッシュは言った。「ほかになにか？」

「まあ、それは証拠保管課にあったものなの」バラードは言った。「だけど、そこに見つからなかったものが注目する価値のあるものだと思う。そこであなたの出番なの」

「説明してくれるかな？」

「ジョン・ジャック・トンプスンは、証拠保管箱から一度も証拠を引きだしていなかった」バラードは言った。

ボッシュの反応が自分とおなじなのをバラードは読み取った。もしトンプスンが事件を調べていたなら、証拠保管課で箱を引きだし、どんな証拠があるのか見たはずだった。

「確かか？」ボッシュは訊いた。

「トンプスンの名前はチェックアウト・リストになかった」バラードは言った。「彼がこの事件を調べていたとは確信が持てないな――もっとなにか自宅に置いていないかぎり」

「たとえばどんなものを？」

「たとえば、彼が調べていたことを示すようななにかを。メモや録音、ひょっとしたら第二の殺人事件調書。ジョン・ジャックがこの事件に取り組んでいたことを示すものはなにひとつない――一言もつけ加えられていない。まるで、ほかのだれかが事件を調べないようにするため調書を取ったみたい。だから、あなたは未亡人のところに戻り、ほかになにかないか確かめてみなきゃならない。この事件で彼がやっていたことを示すなにかがないか」

「今夜にもマーガレットに会いにいける。だけど、いいかな、われわれは彼が正確にいつ殺人事件調書を盗んだのか知らないんだ。ひょっとしたら、引退するときにドアを出ていくついでに調書を持っていったのかもしれない。それだと証拠保管課にいくには手遅れだ。もうバッジを持っていなかったんだから」

「だけど、もしあなたが引退後も事件に取り組めるよう殺人事件調書を持っていくつもりだとしたら、ドアから出ていくまえに証拠保管課に出向けたでしょう？」

　ボッシュはうなずいた。

「そうだろうな」ボッシュは言った。

「わかった、じゃあ、あなたはマーガレットのところにいき、この件について確かめる」バラードは言った。「わたしは調書に出てきた人間の名前をリストアップした。わたしが話をしてみたい相手の。ここの話が終わったらすぐ、その人たちの現状を調べはじめるつもり」

「そのリストを見せてもらえるか？」

「もちろん」

　バラードはバックパックに四度目の手を伸ばし、今回は自身の手帳を取りだした。それをひらくと、ボッシュがリストを読めるよう、テーブルの上で上下を逆さにした。

　マクスウェル・タリス
　ドナルド・ヒルトン
　サンドラ・ヒルトン

トンプスンの未亡人
ヴィンセント・ピルキー、密売人
ディナード・ドーシー、密売人／タレコミ屋（警察に守られている）
ブレンダン・スローン、重大麻薬取締課刑事
エルヴィン・キッド
ネイサン・ブラジル、ルームメイト

ボッシュはその名前を見ながらうなずいた。そのうなずきをバラードは相手が同意している意味だと解釈した。

「願わくは何人かがまだ存命だといいがな。スローンはまだロス市警にいるんだろ？」

「ウエスト方面隊を指揮している。厳密に言うと、わたしの上司」

「じゃあ、きみがしなければならないことは、スローンの副官をかわして本人にたどり着くことだな」

「そこは問題にならない。そのドーナッツの残りを食べるつもり？」

「いや。きみに進呈する」

バラードはドーナッツをつかみ、歯を立てた。ボッシュは椅子の背から杖を持ち上げた。

「裁判所に戻らないといけないんだ」ボッシュは言った。「なにかほかにあるかい？」

「ええ」バラードはドーナッツをほおばりながら言った。「これを見た？」

バラードは残りのドーナッツを皿に戻して、バインダーをあけ、リングを外すと、殺人事件調書のいちばん前に移動させておいた書類をボッシュに手渡した。

「人の手が入っている」バラードは言った。「両親の証言にだれが黒塗りしたの？」

「おれもそれは見た」ボッシュは言った。「不気味だな」

「調書全体が機密扱いされているのに、なぜなにかを塗り潰す必要がある？」

「たしかに。おれも腑《ふ》に落ちない」

「それにだれがこれをしたのか、わたしたちにはわかっていない――トンプスンなのか、それとももともとの捜査員たちなのか。塗り潰されたこの二行の前後関係から――継父が少年を養子にしたことについて話している――塗り潰した人間が何者かを守ろうとしていると思わざるをえない。州都サクラメントの役所に問い合わせて、ヒルトンの出生記録を調べてみるつもりだけど、ヒルトンの出生時の名前がわからないので、それには永遠とも思える時間がかかるわ。その記録も編集されているでしょに」

「ノーウォークでそれを調べてみることができる。週末、マディに会いにいくときう」

ノーウォークはロサンジェルス郡の記録アーカイブのある場所だった。郡の南端にあり、車が混んでいると、片道一時間はかかった。出生記録は、一般人でも法執行機関の人間でも、コンピュータでアクセスできなかった。出生証明書の発行を申請するには、正規の身分証明書を示す必要があった。とりわけ、養子の法律で開示制限のかかっている記録の場合は。

「もしヒルトンがこの郡で生まれていなければ、記録は取りだせないわ。だけど、やってみる価値はあるでしょうね」

「まあ、そのうち、解決策を見つけるさ。当面は、謎だな」

「裁判所でなにがあるの？」

「召喚状を手に入れられるかどうか確かめたいんだ。判事たちが帰宅の途につくまえに裁判所にたどり着きたい」

「わかった、解放してあげる。じゃあ、あなたはあとでマーガレット・トンプスンに会いにいき、わたしはこの名前を調べる。まだ存命の人たちを」

ボッシュは書類とノートパソコンを脇にはさんで、立ち上がった。彼はブリーフケースを持っていなかった。空いているほうの手をポケットに伸ばせるよう、杖を再度椅子に引っかけた。

「ところで、きみはもう睡眠を取ったのか、それとも眠らずにこの件に取り組んだのか？」

「ええ、パパ、眠ったわ」

「おれをそんなふうに呼ばないでくれ。そんなふうにおれを呼んでいいのはひとりだけだ。だけど、もう呼んでくれない」

ボッシュは札を何枚か取りだし、テーブルの上に二十ドル紙幣一枚を置いた。結局、このテーブルに四人の客がいたかのようなチップを払った。

「マディの調子はどう？」バラードは訊いた。

「いまのところ、少々怯えている」ボッシュは言った。

「どうして？　なにがあったの？」

「娘はあと一学期でチャップマン大学を卒業するんだ。三週間まえ、娘が三人の女子学生とシェアしている学校近くの家に変質者が侵入した。在宅時を狙った侵入者だ。ふたりの女の子がそこで寝ていた」

「マディが？」

「いや、あの子はおれの膝のせいでこっちに来てくれていた。支援をするためとでも言おうか。だが、それはどうでもいい。彼女たちは全員震え上がった。そいつは、なにかを盗むために侵入したんじゃなかった。金もなにも盗まれなかった。犯人は女子学生のひとりがキッチン・テーブルに置いていたノートパソコンに自分のザーメンを残していった。たぶんノートパソコンに持ち主の写真が出ていたのを見たんだろう。あきらかに変態だ」

「うわ、なんてこと。警察は、手口から調べたの？」

「ああ、同様の事件が起こっていた。四ヵ月まえに似た事件があった。在宅時を狙った侵入、チャップマン大学の女子学生、冷蔵庫にあった写真に自分のＤＮＡを残していった。だが、データベースに該当者はなかった」

「それで、マディと同居人たちは引っ越したの？」

「いや、彼女たちはみな卒業まで二ヵ月で、引っ越しにわずらわされたくないと考えている。錠前を追加し、家のうちと外に監視カメラを設置した。警報システムを稼働させた。地元の警察は、シフトごとのパトロール回数を倍増させた。だが、彼女たちは引っ越す気になっていない」

「じゃあ、そのことがあなたをひどく怯えさせているんだ」

「まさしく。二件の在宅時を狙った侵入事件は土曜日の夜に起こっているので、その時間帯が犯人のストリート徘徊《はいかい》時間であり、ひょっとしたら戻ってくるかもしれないと考えている。それで、おれはこの二週、土曜の夜にそこへ出かけ、見張っているんだ。こんな膝の状態で。おれは後部座席に座って、片脚を座席に持ち上げる格好でいた。もしなにかを目にしたとしてもどうするつもりかわからんが、とにかくあそこにいることにしている」

「ねえ、もし連れがほしいなら、わたしも出かけるよ」

「すまんな、ありがたい。だけど、おれの言いたいのはそこだ。睡眠時間を削るな。去年のことを覚えている……」

「去年のなんのこと？　わたしたちがいっしょに捜査に当たったあの事件の話？」

「ああ。おれたちはふたりとも睡眠不足になって、それが……いろんなことに影響を与えた。判断に影響を与えた」

「いったいなんの話？」

「いいか、この話に深入りしたくない。悪いのはおれだ。おれの判断は影響を受けていた、それでいいな？　今回はちゃんと睡眠を取るようにしよう。ただそれだけだ」

「あなたは自分の心配をして。わたしのことはわたしが心配する」

「わかった。すまん、こんな話を蒸し返して」

ボッシュは椅子から杖を手に取り、戸口に向かった。ゆっくりと動いている。もし足早にボッシュを追い越して、外にでたら、自分が人でなしに見えると悟った。

「ねえ、わたしはトイレにいってくる」バラードは言った。「あとで話そう」

「わかった」ボッシュは言った。

「それから、娘さんの件は本気だから。わたしが必要なら、頼って」

「きみが本気だとわかってる。ありがとう」

10

バラードはリストに載せた名前のいくつかを検索するのにコンピュータを利用するため、市警本部ビルに歩いていった。それは地理的に遠い分署から来たたいていの刑事たちが日常的に取る行動になっていた。そうした外来の刑事用にあらかじめ用意されている机やコンピュータすらあった。だが、バラードはそっと歩いていかねばならなかった。彼女は市警本部ビルのなかに入っている強盗殺人課に以前は勤務していたが、疑惑とスキャンダルに包まれ、ハリウッド分署の深夜勤務帯へ異動した。上司のセクハラの件で内務監査課《IA》に苦情を申し立てたところ、その調査で殺人特捜班が大混乱に陥り、最終的にその申し立てが事実に基づかないと判断され、バラードはハリウッドに左遷された。市警本部ビルには、バラードの話を信じていない人間がまだおり、また、その規則違反が、仮に真実だとしても、ひとりの男のキャリアを危うくする調査をするには値しないと見なしている人間もいた。四年が経過していたが、この建物には敵がいたため、バラードは、そこの入り口のガラスドアを通らないことで、自分の仕事を守ろうとしていた。だが、市警のデータベースを利用するためだけにダウンタウンからハリウッドまで運転していくのは、相当な時間の無駄になるだろう。勢いを緩めたくないのなら、バラードは市警本部ビルに入り、半時間利用できるコンピュータを探さねばならない。

バラードは無傷でロビーを通り抜け、エレベーターに乗れた。五階で降りると、広大な殺人課の刑事部屋を避け、はるかに狭い暴行事件特捜チームの部屋に入った。例の論争とスキャンダルのあいだずっとバラードを支持してくれた刑事が所属している部門だった。エイミー・ドッドは自分の机にいて、バラードが入ってくるのを見てほほ笑んだ。

「ボールズ！　ここでなにをしてるの？」

エイミーは強盗殺人課でのトラブルのあいだバラードが取っていた態度に由来する仲間内でのあだ名を使った（Ballsは、Ballardとballs（金玉＝男らしい＝根性があるという意味）をかけたあだ名で、『レイトショー』では、ポリス・アカデミー時代についたあだ名、となっている）。

「やあ、ドディ。金玉はどんなふうにぶら下がっている？（「調子はどう？」という意味）名前を調べたいのでコンピュータを探しているの」

「贅肉を絞って以来、殺人課にはあいた机がたっぷりあると聞いてるけど」

「わたしがいちばんやりたくないのは、あそこに腰を落ち着けること。またうしろから刺されかねない」

エイミーは自分の隣にあるワークステーションを指し示した。

「そこが空いてるよ」

バラードは躊躇《ちゆうちよ》し、エイミーはその態度を読んだ。

「心配しないで、ぺちゃくちゃしゃべりかけたりしないから。仕事をなさい。いずれにせよ、こっちは裁判所に連絡する用があるの」

バラードは腰を下ろすと、市警のデータベースに自分のパスワードを入れ、ヒルトン事件の関係者リストが載っている手帳のページをひらいて作業にとりかかった。すぐにマクスウェル・タリスの運転免許証に記載されている住所がアイダホ州のカーダレーンだと判明したが、それは歓迎される情報ではなかった。なるほど、タリスはまだ存命だったが、バラードはこの事件を個人として、ボッシュとともに調べており、ロス市警の正規の捜査ではなかった。出張は、方程式に入っていなかった。つまり、タリスに電話でコンタクトしなければならないということだ。対面で聴取をおこなうほうがつねに望ましいことから、これにはがっかりした。直接会って腰を落ち着けたほうが、ふとした態度の変化を読み取れる。

リストを追っていっても、少しもいい知らせは現れなかった。サンドラとドナルドのヒルトン夫妻は亡くなっていた。彼らは自分たちの息子をだれが殺したのか、なぜ殺したのか知ることなく、息子の命と夫妻の悲しみになんの正義も果たされることなく、亡くなっていた――ドナルドは二〇〇七年に、サンドラは二〇一六年に。バラードにとって、ジョン・ヒルトンが麻薬常用者で犯罪者であったことは関係なかった。ジョンは才能があり、その才能で、夢を持たねばならなかった。自分がはまりこんでいる生活から抜けだす方法があると夢見ることができたはずだ。自分がジョンのため正義を見いださなければ、ほかのだれも見いだすことはないだろう、という気持ちにさせた。

リストに次に載っているのは、マーガレット・トンプスンで、それはボッシュが扱う予定だった。ヴィンセント・ピルキーが、次の名前であり、これまた袋小路に突き当たった。ピルキーは、ハンターとタリスが聴取をするまでにいたらなかった密売人のひとりであり、いまとなればバラードもけっして連絡を取れなくなった――ピルキーは二〇〇八年に死亡したと記載されていた。そのときピルキーはまだ四十一歳で、暴力あるいは麻薬の過剰摂取が早世につながったのだろう、とバラードは推測したが、アクセスしている記録からは死因を突きとめられなかった。

次の名前でバラードの運が変わった――ディナード・ドーシー。重大麻薬取締課のタレコミ屋でもあったため、ハンターとタリスが話をしなかった密売人。バラードがドーシーの名前をコンピュータで検索したところ、タレコミ屋がこの三十年間をなんとか生き延びているだけでなく、いままさにこの瞬間、二ブロック離れたところにいることを知った――ドーシーは、仮釈放違反で、郡の拘置所に拘束されていた。バラードは、ドーシーの犯罪歴を調べ、過去十年間は、麻薬がらみと暴行で繰り返し逮捕されているのがわかった。その積み重ねで最終的に刑務所に五年間服役していた。その歴史からドーシーのタレコミ屋としての有用性は、とっくの昔に消《き》え失《う》せ、重大麻薬取締課の取扱担当者の庇護《ひご》がなくなっているのは、きわめて明らかなようだった。

「やったね！」バラードは言った。

エイミー・ドッドは、ふたりの作業スペースを分けている間仕切り越しに覗けるよう、椅子の背もたれによりかかった。

「なにかいい情報を手に入れたんだ？」エイミーは訊いた。

「いいどころじゃない」バラードは言った。「人を見つけたんだけど、車に乗る必要さえないんだ」

「どこ？」

「男性中央拘置所――こいつはどこにもいかない」

「運がよかったね」

バラードはコンピュータに戻り、サイコロの目が自分に都合よく出続けるだろうか、と思った。仮釈放違反の拘束事由書を呼びだし、違反を届けでてドーシーの逮捕命令を申請した保護観察官の名前を見て、二度目の強いアドレナリン分泌に襲われた。バラードは尻ポケットから携帯電話を抜き取り、短縮ダイヤルでロブ・コンプトンにかけた。

「きみか」コンプトンが電話に出た。「なんの用だ？」

そのそっけなさにコンプトンがまだふたりの最後のやりとりを克服していないのが明らかになった。ふたりはきままな仕事外の関係を築いていたが、仕事の上で、ふたりが取り組んでいたある事件に関する戦略で意見の相違を見たとき、その関係が断たれたのだった。ふたりは車のなかで言い争い、コンプトンは車を降りて立ち去り、それまで築いていた関係からも立ち去った。

「男性中央拘置所で会ってほしいの」バラードは言った。「ディナード・ドーシー、わたしは彼と話をしたい。あなたのコネが必要かもしれない」

「そいつの名前は初耳だな」コンプトンは言った。

「ちょっと、ロブ、仮釈放違反の命令書にあなたの名前が記されている」

「調べてみないとわからない」

「調べて。待ってるから」

バラードはキーボードに入力する音を耳にし、コンプトンが机に向かっているところをつかまえたのだと悟った。

「おれはなぜこんなことをしているんだろう」コンプトンは言った。「きみの願い事を聞いた前回、おれは見捨てられた記憶がある気がするんだが」

「ああ、よして」バラードは言った。「あなたがビビったのでわたしが頭に来たという記憶がある気がする。あなたは車を降りて、立ち去った。だけど、今回、ドーシーの件でその償いができるわよ」

「おれが償いをしなきゃならんのか？　たいした根性の持ち主だ《ユーヴ・ガット・ボールズ》な、バラード。おれにはそうとしか言えない」

ゲラゲラという笑い声が間仕切りの向こう側から聞こえてきた。エイミーがコンプトンのコメントを耳にしたのだ。バラードはコンプトンに聞こえないよう電話を胸に押しつけてから、音量を下げ、口元に戻した。

「彼の情報は手に入った？　入ってない？」

「ああ、手に入った」コンプトンは言った。「おれが覚えていないのも無理はない。本人には一度も会っていないんだ。こいつは定期報告をしていない。九ヵ月まえワスコ州刑務所を出て、こっちに戻ってきてから、一度も姿を見せていないんだ。おれが仮釈放違反者に登録し、こいつは捕まった」

「じゃあ、いまが彼に会うよい機会じゃない」

「会えないよ、レネイ。おれはきょう片づけなきゃならない書類があるんだ」

「書類仕事？　ねえ、ロビー。わたしは殺人事件に取り組んでおり、こいつは重要証人だったかもしれないの」

「話をするようなタイプじゃないようだ。ギャングのジャケットを羽織っている。八〇年代にさかのぼるローリング・シクスティーズだ。筋金入りだぞ。あるいは筋金入りだった」

「それほどの人間じゃないわ。当時、彼はタレコミ屋だった。警察に保護されているタレコミ屋。ねえ、わたしはそこにいく。もし気が向いたら手を貸してくれてもいい。その男に話をさせるなんらかの動機になるかもしれない」

「どんな動機になるというんだ？」

「あなたが彼に二度目のチャンスをあげるかもしれない、とか」

「ノー、ノー、ノー。おれはそいつを出したりしないぜ。またおれの面子《メンツ》を潰すだけだ。そんなことはできんよ、バラード」

コンプトンがバラードをラストネームで呼ぶのは、この件で妥協はしないことを告げていた。

「わかった、わたしがやってみる」バラードは言った。「べつのことも試してみる。じゃあ、また、ロビー。あるいは、もう会うことはないかも」

バラードは通話を切り、携帯を机の上に落とした。エイミーが間仕切りの反対側から、からかうように話しかけた。

「根性悪女」

「ちょっと、あいつは言われてもしかたがないことをしたの。わたしは殺人事件の捜査をしているんだから」

「了解しました」

「了解なんてクソ食らえ」

バラードの計画は男性中央拘置所に出向くことだったが、まずリストにある名前の調査を片づけた。すでに居場所を知っているブレンダン・スローンの次は、エルヴィン・キッドだった。殺害事件当時、ローリング・シクスティーズのストリート・ボス。そしてジョン・ヒルトンのルームメイトだったネイサン・ブラジル。ふたりともまだ存命で、バラードは交通車両局のコンピュータでそれぞれの住所を入手した。キッドはサンバーナーディーノ郡のリアルトに住んでおり、ブラジルはウェスト・ハリウッドに住んでいた。

バラードはキッドに興味を抱いた。いまや六十歳をすぎ、彼はローリング・シクスティーズの縄張りからはるか遠くへ引っ越し、司法制度との関わりは二十年近く止まっているようだった。逮捕や有罪判決や服役期間があったが、キッドは、違法活動を継続しつつもレーダーに引っかからないよう低空飛行をはじめたのか、あるいは堅気の生活を見いだしたかのどちらかのようだった。後者の可能性はそれほど珍しいことではないだろう。現役でストリートを闊歩《かっぽ》する年寄りのギャングはそれほど多くない。おおぜいのギャングが二十代を生きて越えられず、おおぜいが終身刑で服役し、おおぜいがそのふたつの選択肢しか自分たちを待っていないことを悟って、たんにギャングの暮らしから足を洗うのだった。

キッドの記録を調べていると、バラードは、ヒルトンとの結び付きの可能性に出くわした。ふたりともコルコラン州刑務所に服役していた。ふたりともそこにいたのは、一九八〇年代後半で、十六ヵ月刑期が重なっているようだった。ヒルトンはキッドが服役をはじめたころに自分の刑期の後半を迎えようとしていた。キッドの刑期は、ヒルトンが釈放された十三ヵ月後に終わっていた。

その刑期の重複は、ふたりがたがいに知り合った可能性を意味していた。かたや白人でかたや黒人であり、州刑務所のグループは人種別になる傾向があったとはいえ。バラードはカリフォルニア州矯正施設局のデータベースに入り、キッドが服役していた刑務所で毎年撮影されていたキッドの写真をダウンロードした。コルコランからの写真が現れるとすぐに見覚えがあることに衝撃を受けた。キッドは以前の刑務所に収監されていた時期から頭を剃り上げていた。そしていま、バラードはキッドを知っていた。

バラードは急いでバックパックをひらき、ジョン・ヒルトンの手帳を引っ張りだした。頭を剃り上げた黒人男性の絵が出てくるまでページをめくる。その絵をコルコランのエルヴィン・キッドの写真と見くらべた。両者は一致した。ジョン・ヒルトンは、コルコラン州刑務所にいるあいだに明らかに知り合いになり、スケッチすらした男が支配する麻薬売買のやりとりがおこなわれている路地で殺害されたのだ。

そのあと、バラードはリストに記した名前について知ったことに基づいて、リストの並びを入れ替えた。自分がアプローチしなければならない角度によって、名前をふたつのグループにわけた。

ディナード・ドーシー
ネイサン・ブラジル
エルヴィン・キッド

マクスウェル・タリス
ブレンダン・スローン

バラードは昂奮《こうふん》していた。自分が進捗を示しているとわかった。そして、もし男たちに自分と話をさせることができたなら、最初の三人の聴取で、本件のもともとの捜査員であるタリスとおこないたいと希望している対話に役立つ事情を知ることができるだろうとわかった。スローンを最後の位置に置いたのは、ドーシーが話をしてくれるかどうか次第で、スローンは自分の捜査にそれほど重要ではなくなるかもしれないからだった。

バラードはデータベース・システムからログアウトすると、事件関係の資料を全部バックパックに戻した。立ち上がり、間仕切りに寄りかかってエイミー・ドッドを見た。バラードはずっとエイミーを心配していた。エイミーは性的暴行事件に取り組む刑事としてこれまでのキャリアのすべてを過ごしていた。それは人を消耗させ、空虚な気持ちにさせてしまいうる、とバラードはわかっていた。

「そろそろいくわ」バラードは言った。

「幸運を」エイミーが応じる。

「ええ、あなたもね。大丈夫？」

「元気よ」

「よかった。このあたりの事情はどうなの？」

「最近は論争を引き起こしていないな。オリバスは警部になってからおとなしくしているみたい。それに聞いたところだと、あの男はあと一年で警察を辞めて引退する計画なんだって。たぶん辞めるまで波風が立たないことを願っているんでしょう。ひょっとしたら市警副本部長になって送りだされるかも」

オリバスはバラードの元の所属班である殺人事件特捜班を率いる警部補（現在は警部）だった。班のクリスマス・パーティーのおり、酔っ払ってバラードを壁に押しつけ、自分の舌を彼女の喉の奥に突っこもうとした。その一瞬の出来事がバラードのキャリアの軌道を変えてしまう一方、オリバスの軌道にはほとんど傷を残さなかった。いまやオリバスは警部であり、強盗殺人課のすべての部隊を仕切っていた。だが、バラードはその状況と和睦をした。レイトショーの仕事に新しい人生を見いだしていた。市警上層部は、バラードを闇の時間帯に追放したと思っていたが、彼らが知らなかったのは、自分たちがバラードを恢復《かいふく》させていることだった。バラードは自分の居場所を見つけたのだ。

とはいえ、オリバスが一年で辞める計画を立てているというのは、いい情報だった。

「早ければ早いほどいいな」バラードは言った。「気をつけてね、ドディ」

「あなたもね、ボールズ」

11

男性中央拘置所は、ボーシェット・ストリートにあり、市警本部ビルから徒歩二十分の距離だった。だが、バラードは気が変わり、車でいくことにした。そうすれば、ディナード・ドーシーと話をしたあと車で次の聴取に向かえるだろう。

バレンズという名の保安官補がドーシーを連れてきて、テーブルをはさんだ向かいに座らせるまでバラードは面会室で二十分待った。ドーシーは快適な環境にいることを示す暢気《のんき》さをかもしだしていた。彼は男性中央拘置所に目をみひらいてはじめて入ってくる男とはかけ離れていた。アフリカ系アメリカ人で、肌の色はとても黒く、首のまわりに入れているタトゥは、読みにくく、バラードには一揃いの古傷に見えた。白髪交じりのフサフサした頭髪をコーンローに編みこみ、おなじく白髪交じりのとても長い山羊《やぎ》ひげを生やしていたが、それも編みこんでいた。後ろにまわされた手首に手錠がはめられており、椅子に座るときは少し前かがみにならざるをえないでいた。

バラードがコンピュータから引っ張りだした記録によれば、ドーシーはあと数日で拘置所で五十歳の誕生日を迎えようとしていた。ジョン・ヒルトンが殺害されたときには、ドーシーは二十一歳にすぎなかった。だが、バラードの目のまえにいる男は、はるかに年を取っているようだった。充分、六十代に見えるだろう。その老化があまりに極端だったので、最初、バラードはミスがあり、バレンズはまちがった男を部屋に連れてきたと思ったほどだった。

「あなたがディナード・ドーシー？」バラードは訊いた。

「それがおれだ」ドーシーは言った。「なにが望みだ？」

「あなたは何歳？　生年月日を教えて」

「一九六九年三月十日だ。おれは五十歳だ。で、これはいったいなんなんだ？」

生年月日は一致しており、バラードはようやく確信した。語気を強めて、バラードは言った。

「ジョン・ヒルトンの件」

「そいつは何者だ？」

「覚えているよね。あなたが麻薬を密売していたメルローズ・アヴェニューの外れにある路地で撃たれた男」

「いったいなんの話をしているのかちっともわからねえぞ」

「いえ、わかってるはず。あなたはその件についてロス市警のあなたの取扱担当者に話していた。ブレンダン・スローンに。覚えてる？」

「くたばれ、ブレンダン・スローン。あのクソ野郎は一度もおれのために働いてくれなかった」

「スローンは、殺人課の人間がジョン・ヒルトンについてあなたと話したがったとき、彼らをあなたに近づけないようにしていた」

「殺人事件なんてクソ食らえ。おれはだれも殺《や》っちゃいねえ」

ドーシーは振り返り、背後のガラス扉越しに看守の関心を惹けるかどうか確かめようとした。腰を上げ、出ていこうとする。

「じっと座ってなさい、ディナード」バラードは言った。「あなたはどこにもいかない。わたしたちが話をするまでは」

「なぜおれがあんたと話をしなきゃならないんだ？」ドーシーは訊いた。「弁護士と相談したらだれとでも話す、それだけだ」

「なぜなら、いま、わたしは有力な証人としてのあなたと話しているから。弁護士を持ちだすなら、わたしは容疑者と話をすることになる」

「言っただろ、おれはいままで人を殺ったことは一度もない」

「だったら、わたしと話す理由をふたつあげる。ひとつ、わたしはあなたの保護観察官を知っている——ワスコを出所したあとで会いにいくはずだったのにあなたが一度もそうしなかった相手を。ここでわたしに協力してくれたら、わたしからその人に話をする。ひょっとしたら彼はあなたの仮釈放違反に対する告発を取り下げて、あなたを街に戻してくれるかもしれない」

「もうひとつの理由はなんだ？」ドーシーは訊いた。

バラードはチョークのピンストライプの入った茶色のスーツを着ていた。上着の内ポケットに手を伸ばし、折り畳んだ書類を取りだす。この聴取に先立って、殺人事件調書から抜き取った小道具だった。バラードはその書類をひらき、ドーシーの目のまえのテーブルに置いた。ドーシーはさらにまえに身を乗りだし、首を下げて、読もうとした。

「読めない」やがてドーシーは言った。「ここではメガネをかけさせてくれないんだ。この紙はなんだ？」

「一九九〇年のジョン・ヒルトン殺害事件の証人報告書」バラードは言った。「捜査責任者は、あなたが麻薬取締課のとても価値の高いタレコミ屋であるがゆえに、自分はあなたと話ができない、と書いている」

「それはでたらめだ。おれはタレコミ屋じゃない」

「ひょっとしたらいまはそうじゃないかもしれないけど、当時はそうだったんでしょ。ここに書いてあるわ、ディナード。この紙がまちがった人間の手に渡るのはいやでしょう。わたしが言っている意味がわかるわね？　バレンズ保安官補がさっき話してくれたところでは、あなたはローリング・シクスティーズの棟に入っているそうね。もしこれみたいな紙が出まわってるのをそこにいる幹部たちが見たら、どう反応すると思う？」

「おれをもてあそんでいるだろ。あんたにはそんなことはできん」

「できないと思うの？　確かめてみる？　二十九年まえの殺人事件について、あなたには話してもらわなければならない。あなたの知っていること、覚えていることを話してちょうだい。そうすれば、この紙は消え失せ、あなたは二度とふたたび気に病まずにすむ」

「わかった、いいか、おれは当時、その件でスローンに話したのは覚えている。おれは、あの日、あの場所にいなかったとスローンに言ったんだ」

「そしてそのようにスローンは事件担当の刑事たちに話している。だけど、それが全部の話じゃないでしょ、ディナード。あなたはなにか知っている。ああいう殺しは、あの通りの密売人がなにも知らず、前後になにも耳にしたりすることなく起きるわけがない。あなたの知っていることを話して」

「そんな昔の話なんてほとんど覚えてねえ。おれ自身もどっぷり麻薬に浸かっていたんだ」

「もしほとんど覚えていないのなら、なにかは覚えているということでしょ。覚えていることを話して」

「あのな、おれが知っているのは、あの場所から離れていろと言われたことだけなんだ。手入れかなにかがおこなわれるという情報をつかんだんだろうなと考えていた。だから、スローンにあのとき言って、いまあんたに言ったように、おれはあそこにいなかったんだ。おれはなにも見ていないし、なにも知らない。あそこにいなかったんだから。おしまい。さあ、あんたが言ったようにその紙を破ってくれ」

「あなたがスローンに言ったのはそういうことなの、離れていろと言われたと？」

「わからん。おれはあの日あそこにいなかったんだ、とスローンに言った。それは嘘じゃねえ」

「わかった、だれがあの路地から離れているようにあなたに言ったの？」

「わからん。思いだせない」

「ボスがいたはずでしょ？」

「そうかもしれない。ずいぶんまえの話だ」

「どのボスだった、ディナード？　わたしに協力なさい。もう少しで終わるわ」

「おれはあんたに協力するつもりはないぞ。おれをここから出せ。そしたらだれがボスだったか話す」

バラードはドーシーが取引ルールを書き換えようとしているのが気に食わなかった。

「いいえ、そういうことにはならないわ」バラードは言った。「わたしの役に立ちなさい。そうすればあなたの役に立ってあげる」

「おれはあんたの役に立っているじゃないか」ドーシーは抗議した。

「いえ、役に立ってないわ。あなたはただデタラメを言っているだけ。だれが離れるようにという命令を下したのか言いなさい。そうしたらあなたの保護観察官に話をしてあげる。それが取引よ、ディナード。それを望むの、望まないの？　わたしはもうここを出ていく。監獄のなかにいるのが嫌なの」

ドーシーは少しのあいだ黙って座っていたが、やがて取引をするよう自分に言い聞かせたかのようにコックリとうなずいた。

「ともかく、そいつはもう死んでると思うんだ」ドーシーは言った。

「じゃあ、名前を言っても問題にならないでしょ？」バラードは言った。「だれだったの？」

「キッドという名のオッサンだ」

「本名を知りたい」

「それが本名だ」

「ファーストネームはなんだった？」

「エルヴィンだ。エルヴィスによく似た名前だ。エルヴィン・キッド。そいつがあの路地を仕切っていた。そいつがボスだった」

「その男があなたにその日は離れているようにとかなんとか言ったの？」

「いや、その日はオフにしろみたいな話をしただけだ。おれたちはもう路地に出ていたんだ。するとキッドがやってきて、おまえらみんなここから出ていけ、と言った」

「おれたちというのはだれ？　あなたとほかにだれがすでに路地に出ていたの？」

「おれとVドッグだ――だけど、あのクソ野郎も死んでるよ。あいつはあんたの役には立たない」

「わかった、ところで、Vドッグの本名はなに？」

「ヴィンセントだ。だけど、ラストネームは知らねぇ」

「ヴィンセント・ピルキー？」

「知らないと言ったろ。あのころ、おれたちはいっしょに働いていただけだ。名前なんて知らないよ」

バラードはうなずいた。心のなかではとっくに二十九年まえのあの路地に戻っていた。ドーシーとピルキーが路地で麻薬を売りさばいているところにエルヴィン・キッドが車に乗ってやってきて、ふたりに路地から離れているよう告げているという絵が浮かび上がろうとしていた。

その路地でジョン・ヒルトンの身になにが起こるのか、事前にエルヴィン・キッドは知っていたんだ、とバラードは思った。

「オーケイ、ディナード」バラードは言った。「あなたの保護観察官に連絡する」

「そいつにうまいこと言ってくれ」

「そのつもり」

BOSCH

12

　ボッシュは、フリーモント・アヴェニューの北側で、杖を使わずにロサンジェルス消防局三番消防署に歩いていけるくらい近くにジープ・チェロキーを停めた。消防署は現代的なデザインで建てられており、水道電力局の聳《そび》える建物の陰に隠れていた。消防署モンゴメリー判事が殺された日にジェフリー・ハーシュタットが発作を起こし、第三救助隊に処置を受けた〈スターバックス〉から六ブロックもない距離に建っていた。

　近づいていくと、ボッシュは、二台分の幅の車庫扉が二枚ともあいていて、消防署のすべての車両がそこにあるのを見た。これはだれも出動していないという意味だろう。車庫は縦に二台並んで停められるほどの奥行きがあった。一台のはしご車がひとつの区画をそっくり埋めており、ほかの三つの区画には、二台ずつ縦に並んでいる消防車四台と、一台の救急車が停まっていた。青い消防隊員の制服を着た男がひとりクリップボードを手にして、はしご車の点検をしていた。ボッシュは声をかけ、消防隊員の作業を止めた。

「アルバート・モラレスという名の救急救命士を探しているんですが。彼はきょう出勤していますか？」

ボッシュは男のシャツのポケットについている名前が、セヴィルであることに気づいた。

「ここにいますよ。だれが会いに来たと伝えます？」

「わたしのことはご存知ないでしょう。通報の際に彼にお世話になった人からのお礼を伝えようとして通りかかっただけです。ここに……」

ボッシュは内ポケットからモラレスの名前が記されたピンク色の小さな四角形の封筒を取りだした。ボッシュはその封筒を連邦ビルの地下商店街にあるドラッグストアの〈CVS〉で購入したのだった。

「その封筒を彼に渡せばいいんですか？」セヴィルが訊いた。

「いいえ、これとともにお伝えしなければならない話があるんです」ボッシュは言った。

「わかりました、いるかどうか見てきます」

「ありがとうございます。ここで待っています」

セヴィルははしご車の正面をまわりこんで、消防署の建物に姿を消した。ボッシュは体の向きを変え、消防署から外を見た。フリーウェイ110号線を支えている盛り土があり、その上から車の行き交う音が聞こえた。車の流れはあまり速くないだろうと推測する。ラッシュアワーの最中だった。

ボッシュは片足を持ち上げて、二、三度膝を曲げた。こわばった感じがした。

「わたしに会いたいというのはあなたですか？」

ボッシュが振り返るとロサンジェルス消防局の青い制服を着た男が目に入った。シャツのポケットの上に記されている名前は、モラレスだった。

「そうです」ボッシュは言った。「あなたは第三救助隊のアルバート・モラレスさんですね？」

「そのとおりです」モラレスは答えた。「なんのご用件――」

「では、これはあなた宛てです」

ボッシュは上着の内ポケットに手を伸ばし、折り畳まれた紙片を取りだした。それをモラレスに手渡す。救急救命士は、紙をひらいて、中身を見た。困惑の表情が浮かんだ。

「いったいこれはなんだい？」モラレスは訊いた。「セヴィルの話では、礼状かなんかだということだったが」

「それは判事が署名した召喚状です」ボッシュは言った。「あなたはあすの朝九時ちょうどに出廷しなければなりません。まえもってジェフリー・ハーシュタットからのお礼をあなたに伝えておきます」

ボッシュはモラレスにピンク色の封筒を差しだしたが、モラレスは受け取らなかった。

「待ってくれ、こういうのは、市庁舎の通りの向かいにある本部に送達されることになっているはずだ」モラレスは言った。「そのあとでおれのところに持ってこられる。だから、あそこに持っていってくれ」

モラレスは召喚状をボッシュに差しだした。

「そんな暇はありません」ボッシュは言った。「ファルコーネ判事はその召喚状にきよう署名し、あしたの朝一番のあなたの出廷を希望しています。姿を現さなければ、判事は逮捕状を発行するでしょう」

「ばかげてる」モラレスは言った。「おれはあしたオフで、アローヘッドにいく予定なんだ。三日間の休暇を過ごすんだ」

「あなたは出廷し、退廷することになるでしょう。そのあとアローヘッドにいけますよ」

「これはなんの事件なんだ？　ハースタットといったっけ？」

「ジェフリー・ハーシュタット。スペルは、H・E・R・S・T・A・D・Tです。七ヵ月まえ、グランドパークのそばの〈スターバックス〉で発作を起こした彼をあなたが手当てしたんです」

「そいつは判事を殺したやつだ」

「といわれています」

ボッシュはまだモラレスの手に握り締められている召喚状を指さした。

「あなたが所持しているそのときの通報に関する書類を全部持参するようにとそこに指示されています。それからあなたの救命キットも」

「おれのキットだって？　いったいなんのために？」

「あしたわかるんじゃないですか。とにかく、わたしが知っているのは以上です。あなたは送達を受けました。あすの朝九時にお会いしましょう」

ボッシュは背を向け、立ち去った。自分の車に戻るとき、足を引きずらないように努める。モラレスがボッシュの背中に向かって、再度、「ばかげてる」と投げかけた。ボッシュは振り返らずに返事をした。

「あしたお会いしましょう」

ボッシュは車に戻り、すぐにミッキー・ハラーに電話をかけた。

「召喚状を送達したかい？」ハラーが訊いた。

「ああ」ボッシュは答えた。「スムースに入れて出た《イン・アンド・アウト》――グリースを塗ったおかげで」

「モラレスに送達したと言葉にしてくれ」

「送達したさ。あまり幸せそうじゃなかったが、出頭するだろう」

「出頭してくれたほうがいい。さもないとファルコーネにどやされる。召喚状には、モラレスの救命キットも含まれていると言ってくれたよな？」

「言ったし、召喚状にその旨記されている。あの男を証言席に座らせることができるのか？」

「検察官はあら探しをしてくるだろうが、判事から反対はないと期待している」

ボッシュはジープのロックを外して、なかに入った。この時間はフリーウェイを試さないことに決めた。ファースト・ストリートで曲がって、ビバリー大通りにたどり着き、そこからその道を通ってハリウッドまで向かうつもりだった。

「DNAの貴婦人は到着したのか？」ボッシュは訊いた。

「いま連絡があった」ハラーは言った。「ステイスといっしょに車のなかにいてホテルに向かっているそうだ。無事あした出廷してくれる」

「この件で彼女に話をしたのか？　彼女は計画を知ってるのか？」

「全部説明した。大丈夫だ。奇妙だな——きょうおれは彼女が専門的知識を持っているとなかばデタラメを言ったんだが、これが彼女の専門だとわかった。彼女は五年間、接触ＤＮＡの移動案件を扱ってきたんだ。きょうおれに罪責の神々がほほ笑んでいるようだ」

「それはよかったな。だが、まだほほ笑むことができるようなものをきみはなにも手にしていないぞ。モラレスにはこちらの思惑どおりに答えてもらわないと。もしそうでなければ、われわれは失敗する」

「いい感触をつかんでいる。楽しいことになるだろう」

「念のため言っておくが、モラレスが最初に証言しなければならない。つぎにきみのＤＮＡ専門家だ」

「ああ、了解した」

ボッシュはジープのエンジンをかけ、縁石から離れた。ファースト・ストリートで右折し、フリーウェイの下を進んだ。話題を少し変える。

「この事件の準備をしているとき、シスコに第三者の有責性を調べさせたと言ったよな」ボッシュは言った。

シスコ・ヴォイチェホフスキーは、ハラーの調査員だった。彼はハーシュタット事件の事前準備に手を貸していたが、虫垂切除の緊急手術を受けて、やめざるをえなかった。仕事に復帰するのは来週になっていた。第三者の有責性というのは、標準的な弁護戦略だった——ほかのだれかの犯行だ、と。

「それは調べてみた」ハラーは言った。「だがその件を法廷に持ちだすには、証拠が必要だ。こちらにはなんの証拠もない。わかっているだろ」

「ひとつのテーマに集中するのか？」ボッシュが訊いた。

「クソ、ちがうよ。モンゴメリー判事にはおおぜい敵がいたんだ。どこからはじめればいいのか、われわれはわかっていない。敵たちの名前のリストを作り上げた——たいていは殺人事件調書から抜きだしたものだ——そしてそこから調べはじめたが、法廷で名指しできる段階まで達することはなかったんだ。そこには犯人はいなかった」

「きみからもらった資料には、リストのたぐいはなかったぞ。それに今回の事件の殺人事件調書のコピーを手に入れているのか？」

「シスコが開示手続きで手に入れたコピーを持っている。だけど、あす、もしこちらが考えている方向に進むなら、第三者の有責性を証明する必要はないだろう。そもそも可能性すら必要なくなる。すでにどでかい合理的疑いを手にしていることになるんだろうから」

「きみには必要ないかもしれないが、おれには必要だ。シスコから調書を手に入れられるか確かめてくれ。おれは捜査のほかの道筋を見てみたいんだ。ロス市警はほかの容疑者を調べているはずだ。それがだれなのか知りたい」

「わかったよ、兄弟《ブロハイム》。手に入れる。それから、きょうはありがとう」

ボッシュは通話を終えた。殺人犯として訴えられている人間を自由の身にするかもしれない計略に礼を言われて、居心地が悪かった。弁護側の調査員であることにも居心地の悪さを覚えていた。たとえ今回の事件の被告が無実の人間である可能性があったとしても。

13

ボッシュはマーガレット・トンプスンの家の正面に車を停めた。杖なしで家までの短い道のりを進むことを考えたが、玄関ポーチまでの六段の階段を見た。丸一日、杖ありや杖なしで動きまわったせいで、膝が痛みはじめていた。ボッシュは無理をしないことにして、助手席から杖をつかむと、それを使って玄関までの道のりと階段をゆっくり進んだ。すでに暗くなりかけていたが、見たかぎりでは明かりは灯《とも》っていなかった。ボッシュはドアをノックしたが、事前に連絡して、無駄な時間を過ごすことを避けるべきだったと考えていた。すると、ポーチの明かりが灯り、マーガレットがドアをあけた。

「ハリー？」

「やあ、マーガレット。元気かい？」

「元気よ。どうしてここに？」

「あなたがどうしているか見たかったのと、あの事件について訊ねたかったこともあるんだ――あなたから渡された殺人事件調書の事件について。ジョン・ジャックの書斎を見ることができればと思ってた。彼がおこなった捜査に関係するメモがあるかどうか確認したい」

「まあ、見てくれるのは歓迎するけど、なにもないと思うわ」

マーガレットはボッシュを家のなかに招き入れ、歩きながら照明を点《つ》けていった。その様子に、ドアをノックしたとき、彼女は暗闇のなかに座っていたのだろうか、とボッシュは思った。

書斎でマーガレットは机のほうを指し示した。ボッシュは足を止め、部屋全体をじっくりと見た。

「おれが受け取ったとき、殺人事件調書はその机の上にありました」ボッシュは言った。「そこにもともと置かれていたんですか、それともあなたがどこかで見つけたんですか？」

「右袖の引き出しのいちばん下に入っていたわ」マーガレットは答えた。「墓地関係の書類を探していたときに見つけたの」

「墓地関係の書類？」

「あの人は何年もまえにハリウッド・フォーエヴァー墓地のあの区画を買ったの。その名前が気に入っていたのよ」

ボッシュは机のそばにいき、腰を下ろした。右側のいちばん下の引き出しをあけた。いまはなかは空っぽだった。

「中身をあなたが片づけたんですか？」

「いえ、調書を見つけた日以来、そのなかを見ていません」

「じゃあ、この引き出しにはほかになにも入っていなかったんですか？　あの調書だけ？」

「あれだけだった」

「ジョン・ジャックはここでよく時間を過ごしていたんですか？」

「週に一日か二日。請求書の整理と税金関係の作業をしていたときに。そのような作業が必要なときに」

「彼はデスクトップかノートパソコンを持っていました？」

「いえ、一度もパソコンを持ったことがなかった。仕事をしているときもコンピュータを使うのがいやだと言ってたわ」

ボッシュはうなずいた。ボッシュはしゃべりながら、ほかの引き出しをあけた。

「この引き出しで見つけるまえにあの調書を見たことはありますか？」

「いえ、ハリー、見たことがない。あの調書でなにが起こっているの？」

引き出しには小切手帳が二冊、輪ゴムで留められた水道電力局とディッシュ・ネットワークから届いた封筒の束が入っていた。いずれも家計関係の記録だ。

「あの、調書をある刑事に渡したところ、彼女がいまそれを調べてくれています。ジョン・ジャックが調書に付け加えたものはなにもなかった、と刑事は言ってました。ですので、調書と別にしたメモをジョン・ジャックが残しているかもしれない、とわれわれは考えているんです」

ボッシュはいちばん上の引き出しをあけ、そこが筆記具やペーパークリップ、ポストイットでいっぱいになっているのを見た。ハサミや、梱包《こんぽう》用テープ、小型ライト、それに骨の柄が付いた拡大鏡も入っていた。その柄には、文字が刻まれていた。

わたしのシャーロックに
愛をこめて。マーガレット

「引退するとき、彼はあの調書を持ち帰ったものの、一度も取り組まなかったみたいですね」

机に座った姿勢から、向かいにある壁のドアが目に入った。

「クローゼットも見てかまいませんか？」

「ええ、どうぞ」

ボッシュは立ち上がり、そちらへ近づいた。クローゼットは衣服の長期保管用だった。ほとんど使われていない様子のゴルフクラブのセットがあり、引退記念パーティーでジョン・ジャックに贈られたものだとボッシュは覚えていた。

ハンガーパイプの上にある棚に、古いLPの束と、たぶんイングランドから来た交換警官にもらったのであろうボビーズ・ヘルメット（英国の警察官がかぶっているとんがり帽スタイルの伝統的制帽）があり、その隣に厚紙製のファイルボックスが置かれているのをボッシュは見た。

「このファイルボックスのなかにはなにが入ってます？」

「わからないわ。ここはあの人の私室だったの、ハリー」

「見てもかまいませんか？」

「どうぞ」

ボッシュはファイルボックスを上から下ろした。重たくて、封印がされていた。ボッシュはそれを机まで運び、引き出しに入っていたハサミで箱の蓋に貼られたテープを切った。

その箱には警察関係の書類が詰まっていたが、ファイルや殺人事件調書は含まれていなかった。ざっと見たところ、さまざまな事件の書類をいきあたりばったりに溜《た》めているように見えた。

「しばらくかかるかもしれません」ボッシュは書類の分厚い束を取りだし、机に置きはじめた。「全部に目を通し、書類の正体を確かめ、あの調書と関係するかどうか判断しなければなりません」

「作業できるようにあなたをここに放っておきます」マーガレットが言った。「コーヒーを淹れましょうか、ハリー？」

「あー、けっこうです。でも、水を一杯いただければありがたい。膝が腫れてきており、薬を飲まないといけないんです」

「動かしすぎたの？」

「そうかもしれません。長い一日だったので」

「水を取ってくるわ」

ボッシュは箱から書類を取りだし終え、底に置かれていたであろうものから調べはじめた。すぐにここにある書類はジョン・ヒルトン事件とはなんの関係もないのが明らかになった。ボッシュの目のまえにあるのは、部分的な事件記録や逮捕記録のコピーと、州の仮釈放評議会の通知書のコピーだった。ジョン・ジャック・トンプスンは、刑事として自分が刑務所送りにした人々を定期的に監視し、仮釈放評議会に反対の意見書を書き、いつ囚人が釈放されるかの記録を取りつづけていた。

マーガレットが水の入ったコップを持って部屋に戻ってきた。ボッシュは礼を言い、ポケットに入れた処方薬の壜《びん》に手を伸ばした。

「それが新聞にずっと載っているオキシコドンじゃなければいいんだけど」マーガレットは言った。

「いいえ、そんなにキツい薬じゃありません」ボッシュは言った。「腫れを抑えるのに役立つだけです」

「なにか見つかりそう？」

「このなかに？　見つかりそうにないですね。彼が刑務所送りにした連中の古い記録のようです。連中のだれかが自分を探しにくるかもしれないと心配しているとジョン・ジャックが言ってたことがありましたか？」

「いいえ、そんなことを口にしたことはなかったわ。わたしが何度かそんな不安を口にしたことはあったけど、あの人は、心配するようなことはなにもないといつも言ってた。もっともタチの悪い連中はけっして出てこないんだ、って」

ボッシュはうなずいた。

「たぶん出てきませんよ」ボッシュは言った。

「では、あとはお任せするわ」マーガレットは言った。

未亡人が部屋を出ていくと、ボッシュは目のまえにある書類についてつらつら考えた。箱のなかに入っていた書類にいちいち目を通して二時間費やす必要はない、と判断する。中身はヒルトンと無関係であることに自信があった。最終的な書類のサンプリングをはじめたところ、記憶にある殺人事件の六十日めの捜査要約書のコピーに出くわした。

被害者はサラ・フリーランダーという名のロサンジェルス・シティ・カレッジに通う十九歳の学生だった。一九八二年の秋、彼女はレイプされ刺殺されて発見された。サラは、夜間授業に出席したあと、フリーウェイ101号線の東側にある大学と、フリーウェイの西側のシエラ・ビスタにあるアパートのあいだのどこかで失踪した。彼女のアパートは、学校から十三ブロック離れており、彼女は自転車で通学していた。彼女が帰ってこないことをルームメイトが通報したが、彼女は若く、犯罪を示唆する痕跡はなかった。その通報は真剣にとりあわれることがなかった。

サラの死体と自転車がレモン・グローヴ・レクリエーション・センターの野球場の

外野フェンスの先にある盛り土の上のフリーウェイに沿って立ち並ぶ木の下で発見されると、トンプスンとボッシュが呼ばれた。

フリーウェイの西側にあるホバート大通りに沿って狭い公園があり、南のメルローズ・アヴェニューと北のサンタモニカ大通りとは等距離のところだった。フリーウェイのガード下を通るその二本の道路のどちらかをサラは自宅への帰り道に選んだと思われた。ふたりの刑事は懸命に捜査にあたり、ボッシュは、分署を離れ、アイデアと可能性を話し合うためジャックの書斎に通ったことを覚えていた。ジョン・ジャックは内なる炎を燃やしていた。死んだ若い娘のなにかがジョン・ジャックの心を貫き、彼はサラの両親に、殺害犯をきっと見つけると約束した。ボッシュにとって、それは自分の指導者が仕事と真実の追求に激しい感情を持ちこむのを見た最初だった。

だが、ふたりはその事件を解決できなかった。サラが自転車に乗ってメルローズ・アヴェニューのガード下に向かっているのを見たと証言する信頼できる証人が見つかったが、フリーウェイの反対側で彼女の足跡はつかめなかった。事件の一ヵ月まえ、サラを二度目のデートに誘って断られたロサンジェルス・シティ・カレッジの学生にふたりは目をつけた。だが、その学生に自供させることも、アリバイを崩すこともできず、事件は最終的に迷宮入りした。それでもジョン・ジャックは、どんなときもその事件を忘れなかった。ふたりのパートナー関係が終わってずいぶん時間が経ち、だれかの引退記念パーティーや訓練セッションでボッシュと出くわすたび、ジョン・ジャックはサラ・フリーランダーのことを持ちだし、彼女を殺した犯人が見つからないことに失望を述べるのだった。ずっと彼は犯人はあの学生だと考えていた。

ボッシュは事件の要約書を箱に戻し、机の引き出しから取りだした梱包テープで箱を再封印した。クローゼットの元の場所に箱を戻すと、ボッシュは書斎をあとにした。マーガレットがリビングに座って、ガス暖炉の炎をじっと見つめているのが目に入る。

「マーガレット、ありがとう」

「なにも見つからなかったの？」

「ああ、あの殺人事件調書に関連するなにかをジョン・ジャックが保管していそうな場所は、家のなかにほかにあるかな？　車庫にあるなにかとか？」

「あるとは思わない。あの人は車庫に工具や釣《つ》り竿《ざお》を置いていた。だけど、見てもらってかまわない」

ボッシュはたんにうなずいた。ここではなにも見つからないだろう、と思った。バラードの意見が正しかったのかもしれない――ジョン・ジャックは事件に取り組むために殺人事件調書を持っていったんじゃない。ほかのなにかの理由があるのだ。

「その必要はないと思う」ボッシュは言った。「そろそろ失礼しますが、もしなにかあったら、また来ます。あなたは大丈夫ですか？」

「大丈夫よ」マーガレットは言った。「夜になるとちょっとせつなくて、涙っぽくなるの。あの人がいなくて寂しいわ」

マーガレットはひとりきりだった。ジョン・ジャックとマーガレットに子どもはいなかった。法執行官として自分が見ているこの世界に子どもを送りだす気になれないんだ、とジョン・ジャックはかつてボッシュに言ったことがあった。

「当然です」ボッシュは言った。「わかります。もしあなたさえよければ、なにか必要なことがないかどうか確かめに、ときどき様子を見にきますよ」

「それはすてきね、ハリー。ある意味、あなたはわたしたちにとって息子にいちばん近い存在なの。ジョン・ジャックはわたしたちの子どもを持ちたがらなかったけど。いまじゃわたしはひとりきり」

ボッシュはそれに対して言うべき言葉を知らなかった。

「あの、えーっと、もしなにかあったら、電話してください」ボッシュはもごもごと言った。「昼でも夜でも。戸締まりでもしにきますよ」

「ありがとう、ハリー」

車に戻ると、ボッシュは車内に座ったまま、少しのあいだ緊張をほぐしてから、バラードに電話をして、トンプスンの書斎は行き止まりだった、と伝えた。

「まったくなにもなかったの？」

「メモ帳すらなかった。きみの言うとおりだと思う——彼は事件に取り組むため調書を持っていったのではない。ほかのだれかに取り組ませたくなかっただけだ」

「だけど、その理由はなに？」

「そこが問題だ」

「で、あなたはあしたなにをするの？　わたしといっしょにリアルトにいきたい？」

「いけないんだ。午前中に法廷の仕事がある。遅くならいけるかもしれない。だけど、リアルトになにがあるんだ？　車でけっこうの距離があるぞ」

「エルヴィン・キッド。ヒルトンが殺された日に路地を離れているよう密売人たちに告げたローリング・シクスティーズのストリート・ボス」

「どうやってその情報をつかんだんだ？」

「一九九〇年にハンターとタリスが聴取をおこなう機会を持たなかったタレコミ屋からつかんだの」

「おれの体が空くまで待ってくれ。それからふたりでそいつに会いにいこう」

躊躇があった。

「きみは応援抜きでそこにいっちゃならん」ボッシュは言った。

「そいつは六十歳すぎで、ゲームから降りているわ」バラードは言った。「リアルトは車で二時間かかり、サウスLAから世界ひとつ分離れている。そこはストリートから足を洗ったギャングがいく場所」

「そんなことは関係ない。体が空いたら連絡するから、ふたりで出かけるんだ。きみはそれまで少し眠っておくべきかもしれん」

「むりよ。わたしはあしたの朝一番に銃弾検査の結果を確かめにいく」

「じゃあ、自宅に帰れ。どこであろうと、どんな自宅であろうと。そして眠るんだ」

「わかったわ、パパ」

「その言葉を使うなと言っただろ」

「取引しましょう。あなたをパパと呼ぶのをやめる代わりに、あなたはわたしに『少し眠れ』と言うのをやめる」

「わかった、取引成立だ」

「いい夜を、ハリー」

「きみもな。あした銃弾検査の結果を教えてくれ」

「そうする」

バラードは通話を切った。ボッシュはジープを発進させ、自宅に向かった。

BALLARD

14

バラードは第三直の点呼の場で座っていたが、シフトの開始にあたって彼女の技倆を必要としている事件はなかった。フォローアップの仕事もなく、事情聴取もなく、召喚状送達もなく、ウェルネス・チェック、すなわち、家族・友人の要請に基づく法執行官による対象者の健康状態確認すらなかった。点呼のあと、無人の刑事部屋へいき、いつもの机を選んで、ラジオをかけた。ボッシュが選んでいたジャズ放送局に合わせたままにする。バラードはいくつかのコンピュータ作業に取りくみ、エルヴィン・キッドとネイサン・ブラジルの背景チェックを深いところまでおこなった。

キッドが評価額六十万ドルの自宅を所有し、キッド建設という名で建設業を営んでいるのがわかった。会社が得意にしているのは、商業施設のリノベーション・プロジェクトだった。建設業者のライセンスは、シンシア・キッドの名前になっていた。キッドの妻だろうと、バラードは推測した。その名前は、エルヴィンに前科がある事実を迂回《うかい》するために用いられていた。

少なくとも表面上は、ある時点で、キッドはギャングの生活から足を洗い、堅気の生活を選んだようにバラードには思えた。キッド建設は、二〇〇二年に州のライセンスをはじめて取得していた。ジョン・ヒルトンが殺害されてから十二年後だ。

バラードは、Googleマップでキッドの自宅の写真を引っ張りだし、しばらく、その姿を眺めた。郊外暮らしの理想像みたいだった——灰色の外壁に白いトリムのついたデザイン、二台分の車庫。唯一欠けているのは、正面の白い囲い柵だった。運搬用トレーラーをうしろにつけたピックアップ・トラックが私道に停まっているのに気づく。トレーラーの側面に事業者の名前がペンキで書かれていたが、Googleによってぼかしが入っていた。そこには**キッド建設**と書かれていることをバラードは疑わなかった。それを見て、バラードは建設業ライセンスに登録されている住所を引っ張りだし、そこが単一区画の保管倉庫だと判断した。ということは、キッドは自宅で事業を営んでいて、その事業が家計を圧迫してはいないのかもしれなかった。キッドは抵当権が一ヵ所しか付いていない自宅を所有しており、ピックアップ・トラックの年数はまだ一年か二年のように見えた。三十歳になるまえに州刑務所で二度お勤めをした人間にとって、悪い状況ではなかった。いまや六十二歳になり、キッドは生き延びた幸運な人間のひとりだった。

ネイサン・ブラジルの場合は、話が異なった。彼の記録を調べると、二度破産しており、過去二十五年間で何度も立ち退き命令を下されていた。バラードはまた不動産業者のオンライン賃貸申請サービスを調べて、ブラジルが外食産業で働いていると記録されているのを発見した。それはブラジルがウエイターかバーテンダーか、あるいはシェフをやっているという意味だとバラードは受け取った。その申請——二〇一二年のものだった——の特記事項では、〈マトリックス〉という名のウエスト・ハリウッドにあるテックスメックス・レストランの支配人と記されていた。バラードは何年もまえ、その地域に住んでいたとき、その店で頻繁に食事をしていた。マルガリータとファヒータが売りの店だった。自分がブラジルに料理をサーブされたことがあったんだろうか、とバラードは思った。引っ張りだした運転免許証を見てもブラジルに見覚えはなかったけれど。

Ｇｏｏｇｌｅマップで、ブラジルの現在の住所だと思ってバラードが見つけた写真は、スウィーツァー・アヴェニューにある五〇年代のポストモダン共同住宅のそれだった。屋根のない駐車場の奥に建つ平屋建ての共同住宅。その建物はくたびれ、流行から置き去りになって久しく見えた。黄変した漆喰《しっくい》に居住者以外駐車禁止の標識が貼られたファサードは、汚くなっていた。

検索結果のスクリーンショットを印刷していると、バラードの携帯電話が鳴った。画面には、非通知発信と出ていた。バラードはその電話に出た。

「こちらはマックス・タリスだ。伝言を受け取った」

バラードは壁掛け時計を確認して、驚いた。四時間まえにタリスに伝言を残した。ロスとアイダホに時差があるかどうかわからなかったが、午前零時を過ぎて折り返しの電話をかけてくるのは、引退した人間にしては奇妙なことに思えた。

「ええ、タリス刑事、お電話いただいてありがとうございます」

「当ててみようか、ビギーの件だろ？」

「ビギー？　いえ、そうじゃありません。わたしは――」

「たいがいおれに電話がかかってくるのは、その件なんだ。おれがあの事件を担当したのはたった二十分だけで、そのあとでＦＢＩ《ビッグ・ボーイズ》が持っていった。だけど、おれの名前がファイルに残っているせいで、いまだに電話がかかってくる」

タリスはビギー・スモールズの話をしているのだろう、とバラードは推測した。一九九〇年代に殺され、いまもなおその事件は未解決のままだが、数え切れないくらいのマスコミの報道やドキュメンタリーや実話に基づいた映画の対象でありつづけているラッパー。大衆の想像力をかきたてたロスでの殺人事件という長い歴史の一コマだった。実際には、ジョン・ヒルトン殺しと大差ないストリートで起こった殺人のひとつだったのだが——車の前部座席にいるところを撃ち殺された。

伝言のなかで、バラードはタリスとなんの事件について話したいのか伝えていなかった。伝えれば折り返し電話をかけてこない理由を相手に与えてしまうかもしれなかったからだ。

「実を言うと、ジョン・ヒルトンのことでお話ししたいんです」いまそこでバラードは話した。

一拍間を置いてからタリスは返事をした。

「ジョン・ヒルトン」タリスは言った。「その名前以外の情報を教えてくれないか」

バラードは殺人事件の日付を伝えた。

「白人男性、二十四歳、メルローズの外れにある麻薬密売路地でトヨタ・カローラに乗っているところを一発撃たれた人間です」バラードは情報を付け加えた。「耳のうしろを一発。あなたとハンターがその事件を担当しました。わたしはそれを引き継いだばかりです」

「ああ、そうだ、ホテル・チェーンとおなじヒルトンだ。そいつの身元をつかんだとき、こいつがホテル王の関係者じゃなければいいがな、と思ったのを覚えている。そんなことになればマスコミの集中砲火を浴びてしまったはずだ」

「では、事件のことを覚えているんですね？」

「全部は覚えていないが、まったく進展がなかったのは覚えている。たんなるストリートでの強盗事件がまずいことになっただけだ。麻薬関連、ギャング関連——解決が難しい事件だ」

「わたしには異なる事情のように思える側面があるんです。いまお話ししていただいてかまいませんか？　遅い時間ですが」

「ああ、おれは仕事をしているんだ。時間はたっぷりある」

「ホントですか？　なにをされているんです？」

「あんたは深夜勤務帯で働いていると伝言で言っていたな。おれたちはそのことをレイトショーと呼んでいたんだ。いずれにせよ、おれもおんなじさ。夜間警備員なんだ。まさにレイトショーさ」

「ホントですか。そこはどんな場所なんです？」

「たんなるトラック・ストップだ。ほら、おれは退屈しているんだ。だから週に三日、夜はここにきて、平和を守っている《キーピング・ザ・ピース》——つまり、拳銃を持って《キーピング・ザ・ピース》、言わんとしていることはわかるだろ（前者のピースはpeace、後者はpiece）」

タリスは武器を持った警備員だった。バラードには、それはロス市警殺人事件担当刑事からの急落に思えた。

「まあ、安全でいることを祈ります」バラードは言った。「ヒルトン事件について、お訊きしてもいいですか？」

「訊いてくれ」タリスは答えた。「だけど、なにか思いだせる気がしないな」

「確かめてみましょう。最初の質問は殺人事件調書に関してです。被害者の両親に関する要約報告書には、黒塗りで消されている文章が二行ありました。なぜそんなことが起こり、なにが消されたんでしょう」

「あんたが言ってるのは、報告書の紙面に何者かが黒塗りした箇所があるってことかい？」

「そのとおりです。それはあなたやハンターがやったことじゃないんですね？」

「ああ、どうしておれたちがそんなことをする？　連邦警察がロシアの件でやったみたいに報告書に手を加えたってことか？」

「ええ、手を加えられていました。二行だけなんですが、目立っていました。そういうものを見たことがなかったんです。そのページをいま読み上げるか、それともあなたにファックスすることもできますが。そうすれば役に立つかも――」

「いや、役には立たないだろう。もしおれが思いだせないなら、思いだせないんだ」

バラードはタリスの口調が変わったのを感じ取った。ひょっとしたら事件に関してなにかをいま思いだし、シャッターを閉めようとしているのかもしれない、とバラードは思った。

「いまから調書をひらくので、読み上げさせてください」バラードは言った。

「いや、いまも言っただろ」タリスは言った。「おれはその事件のことを覚えていないし、いまちょっと忙しいんだ」

「わかりました、じゃあこのことを訊かせてください。あなたはジョン・ジャック・トンプスンを覚えていますか？」

「もちろん。だれもがジョン・ジャックを覚えている。いったい彼がなにを――」

「この事件についてあなたはいままでにジョン・ジャックと話し合いをしたことがありますか？」

「どうしておれたちがそんなことをするというんだ？」

「わかりません。だから、訊いています。彼はこの殺人事件調書といっしょに警察を辞めたんです。引退したとき、調書を家に持ち帰りました――盗んだんです――わたしはその理由を突きとめようとしています」

「そのことについてジョン・ジャックに訊けばいいじゃないか」

「訊けません。彼は先週亡くなり、彼の妻が殺人事件調書を返却したんです。いまはわたしの手元にあり、彼がそれを取っていった理由を解き明かそうとしているんです」

「ジョン・ジャックが亡くなったと聞いて残念だが、お役には立てない。なぜ彼がその調書を取ったのか、さっぱりわからん。ひょっとしたらその件でおれのパートナーと話をしたのかもしれんな。だけど、パートナーはそれについて話してくれたことがない」

バラードはタリスがしらを切ろうとしているんだと本能的に悟った。彼はなにかを知っているが、それをわかちあおうとしていなかった。それをほじくりだそうと最後の試みをした。

「タリス刑事、わたしの役に立てないというのは確かですか？」バラードは訊いた。「あなたはこの事件を覚えているようにわたしには聞こえます。あなたはだれかを、あるいはなにかの秘密を守ろうとしていませんか？　心配するにはおよ――」

「そこでやめておけ、お嬢さん」タリスは言った。声に怒りがこもっていた。「おれがだれかを守り、秘密を守ろうとしていると言ったな？　だったら、いまここであんたにクソ食らえと言う頃合いだ。だれもおれにそんなことを言ってはならん。おれは市警と市に――」

「タリス刑事、あなたを侮辱するつもりはありません」

「――人生の二十五年間を捧《ささ》げ、あんたがグラウンドの観客席の下でガキどもにフェラチオをしていたときに悪党どもを刑務所に放りこんでいたんだ。おれを侮辱したということは、おれがあそこでやったすべてを侮辱したんだ。さよなら、バラード刑事」

タリスは電話を切った。

バラードはその場に座ったまま、怒りと羞恥で顔が赤く染まっていた。

「だったら、こっちがクソ食らえと言ってやるよ」バラードは無人の部屋に向かって言った。

その瞬間、天井のスピーカーから名前を呼ばれるのを聞いて、救われた。ワシントン警部補が、当直オフィスへ彼女を呼びだしていた。

バラードは立ち上がって、出かけた。

15

事件現場を目にしたり、なにか訊ねるずっとまえに、深い恐怖の感覚とともにやってくる通報がある。今回の通報もそうしたひとつだった。ワシントン警部補は、バラードをビーチウッド・キャニオンの下のほうにある一軒の家に出動させた。その家から自殺の通報があったのだ。パトロールから、刑事の確認と署名を求める要請があった。警部補はバラードに、死亡したのは子どもだ、と告げた。

その家はフランクリン・アヴェニューを一ブロック北に上がったヴァン・ネス・アヴェニューにあった。古いクラフツマン様式の家で、木の羽目板が内側からシロアリに喰《く》われたような様子だった。家の正面に二台のパトカーが停まっており、側面に青いストライプの入った白いヴァンが一台来ていた。検屍局の車だ。バラードはヴァンのうしろに車を停め、外に降りた。

ふたりのパトロール警官が玄関ポーチで待っていた。バラードは点呼の際、ふたりを見かけており、彼らの名前がウィラードとホスキンズだと知っていた。ふたりは遠くを見る目つきで、家のなかの現場がどんなものであれ、それに震え上がっていた。

「どんな状態？」バラードが訊いた。

「十一歳の女の子が寝室で首を吊りました」ウィラードが言った。「ひどい現場ですよ」

「十一時ごろ、仕事から帰宅した母親が娘を発見したんです」ホスキンズが付け加えた。

「家のなかにほかにだれかいるの？」バラードは訊いた。「父親はどこ？」

「ここにはいません」ホスキンズが言った。「父親の話はわかりません」

バラードはふたりのかたわらを通り過ぎ、玄関ドアをあけた。すぐに女性の泣き声が聞こえた。バラードは家のなかに入り、右側にロバーズという名の女性警官がカウチに座っているのを目にした。その隣で両手に顔を埋めて泣いている女性がいた。バラードはロバーズにうなずき、玄関ホールにある階段を指さした。ロバーズはうなずいた――死体は二階にある。

バラードは階段をのぼり、二階の右側にあるあいたドアから物音がするのを耳にした。ピンク色の壁の寝室に入ると、横梁《よこはり》にネクタイをリング状にしてかけた首吊り縄からぶら下がっている少女の死体を見た。クイーンサイズのベッドのまえの床に、小さな学習机に備えつけられている椅子が蹴り倒されて、転がっていた。死体の下の敷《しき》物《もの》には尿の染みがあり、部屋じゅうに脱糞《だっぷん》のにおいがしていた。

ドートレという名のパトロール警官が室内におり、なにも触らないようにするため両手をポケットに入れていた。また、ポッターという名の鑑識技師と、バラードが知らないふたりの検屍局調査官もいた。彼らは肝臓の温度によって死亡推定時刻を判断するため死体を切開し体温計を突き刺していた。

「バラード」ドートレが言った。「これはひどいぜ。彼女はまだ少女だ」

バラードはドートレと死体のある現場に何度もいったことがあった――両手をポケットに入れておくうまいやり方を教えたのはバラードだった――そして、これまでドートレは目にするものに動揺したことは一度もなかった。ところが、いまは動揺していた。ドートレはいくつかの人種のミックスだったが、顔色は白に近い色になっており、目を見開いていた。バラードはうなずき、室内で円を描くように動きはじめた。死んだ少女の顔を見たくなかったが、見なければならないとわかっていた。顔は歪《ゆが》んでおり、目はつり上がっていた。もみあったなんらかの形跡を探して、視線を死体の下に向けて動かし、最後に指にたどり着いた。多くの場合、自殺者は心変わりをして、首のまわりのロープや紐《ひも》をつかもうとして、爪を折ったり、引っ掻《ひか》き傷を残したりする。そんな形跡はなかった。少女は判断を揺るがしたりはしなかったようだ。

少女は緑色のチェックのスカートと白いブラウスを着ていた。ブラウスのポケットには私立学校の校章がついていた。彼女は十五キロほど体重過多であり、バラードは、そのせいでこの子はいじめられていたのだろうか、と思った。

また、横梁にリング状にかけられていたネクタイは男性用の二本を結んだものだ、とも気づいた。バラードは、この少女はネクタイを手に入れるため、両親の寝室に入らねばならなかっただろうと推測し、それは重要なことなんだろうか、と思った。

「彼女を下ろしてもかまわないかな？」検屍局の調査官のひとりが言った。

バラードはうなずいた。

「下ろしたいの？」バラードは訊いた。

「ああ」おなじ男が答えた。「自殺に見せかけた形跡は見当たらない。確認してもらえるだろうか？」

「遺書は見つかった？」

「遺書はない。だけど、ドレッサーの上に彼女の携帯電話がある。今夜九時ごろ、父親に電話をかけたようだ。それだけだ」

「完全な薬物検査と爪の下の物質搔き取り、レイプ・キットもお願いするわ。万全の処置をするために」

「その手配をするよ。自殺だと確認してくれるかい？」

バラードは押し黙った。自殺の判断をためらわせているのは、あの母親が首吊り縄を切って、娘を下ろしていない点だった。母親は娘が首を吊っているのを発見し、もしかしたら生き返るかもしれないのに、娘の体を抱えて、縄を切って下ろしはしなかった。

「確認する。いまのところは。報告書を送ってくれるわね？　バラード刑事、ハリウッド分署第三直。それから、だれもこの件について母親や父親と話をしないこと」

「了解した」

バラードとドートレがうしろに下がると、検屍局の男のひとりが脚立をひらき、もうひとりが床に死体袋を広げた。すると最初の男が脚立をのぼり、首吊り縄全体をひとつの塊とするため、梁にかけられた上のほうの結び目のところでカットした。もうひとりの男は死体のうしろに立ち、脚を広げて踏ん張り、両腕で死んだ少女を抱えこんだ。首吊り縄が切られると、相棒が脚立を降りてくるまで床にいた男は死体を支えており、それから協力して死体を袋まで下げた。ふたりはブリトーを包むように死体を包むと、それを黄色い袋に運び入れ、ジッパーを上げてくるんだ。この家の階段の使いにくさのせいで、ストレッチャーを運び入れることができずにいた。ふたりの男は黄色い袋の両端を持って、部屋から運びだした。

バラードはドレッサーに近寄り、遺書を探した。手袋をはめ、引き出しと宝石箱をあけはじめる。遺書はなかった。

「おれはここにいる必要があるかな、レネイ？」ドートレが訊いた。

「下の階にいってもいい」バラードは答えた。「だけど、まだこの現場を引き払わないで。ウィラードとホスキンズには、お役御免だと伝えて」

「了解」

それによって部屋にはバラードとポッターが残された。

「完全な検査を望んでいる？」ポッターが訊いた。

「そのつもり」バラードは答えた。「万一に備えて」

「なにか目についたのか？」

「いえ、まだ」

バラードはそれから二十分を費やし、部屋のなかで遺書あるいは十一歳の少女がみずからの命を絶った理由を説明するほかのなにかを探していた。少女の電話を調べた。パスワードで保護されていなかった——たぶん両親のルールなんだろう——だが、**パパ**と登録されている連絡先への十二分間の通話記録以外、目につくものはなにも見つからなかった。

バラードはやがて下の階に降り、リビングに入った。ロバーズがすぐに立ち上がり、明らかにこの悪夢のような出動要請をバラードにパスしたがっていた。

「こちらがミセス・ウインターです」ロバーズは言った。

ロバーズはコーヒーテーブルをまわりこむように動き、バラードが近づいて、自分の代わりにカウチに座るのに邪魔にならないようにした。

「ウインターさん、お子さんを亡くされたこと心からお悔やみ申し上げます」バラードは話しはじめた。「いまご主人はどこにおられるのか話していただけますか？　連絡を取ろうとしましたか？」

「主人は仕事でシカゴにいます。連絡しようとはしていません。なんと言えばいいのか、どうやってこのことを伝えればいいのかわからないんです」

「このあたりにほかに家族はいますか、今夜あなたが泊まれるような場所はありますか？」

「いいえ、ここを離れたくありません。わたしはそばにいたいんです」

「離れたほうがよろしいかと思います。あなたに手を貸してくれるカウンセラーに連絡してもいいです。うちの署には、危機管理——」

「いえ、そういうのはなにもほしくありません。ただ、ひとりにしてほしいんです。わたしはここに残ります」

バラードは二階で調べた宝石箱と教科書で子どもの名前を見つけていた。

「セシリアの話を聞かせてください。彼女は学校や近所で問題を抱えていましたか？」

「いいえ、あの子は大丈夫でした。いい子でした。なにか問題があればわたしに話してくれたはずです」

「ほかにお子さんはおられます、ウインターさん？」

「いいえ、あの子だけです」

それを言うとまたあらたな涙に暮れ、身を千切るような苦悶《くもん》が漏れた。バラードは母親を感情にひたらせたまま、ロバーズに呼びかけた。

「彼女に渡せるようなカウンセリングに関するパンフレットを持ってる？　話を聞いてもらう人間の電話番号は？」

「ええ、車のなかにあります。すぐ戻ってきます」

バラードは関心をミセス・ウインターに戻した。夫人は裸足《はだし》でいたが、片方の足の踵《かかと》の縁が汚れているのに気づいた。

「娘さんが遺書を残しておらず、なにをするつもりだったかについてショートメッセージも送っていないのは、確かですか?」

「もちろん送ってきてません! 送ってきたら止めたのに。わたしがどんな種類の恐ろしい母親だと思っているんですか? これはわたしの人生の悪夢です」

「すみません、奥さん。そういう意味で言ったんじゃありません。すぐ戻ってきます」

バラードは立ち上がり、ドートレについてくるよう合図した。ふたりが玄関のドアを通り抜け、ポーチに立ち止まったとき、ロバーズがパンフレットを手に階段をのぼってきた。バラードは声を低くして話しかけた。

「近所を見てまわって、ゴミ箱に遺書がないか調べて。この家からはじめて。静かにやってちょうだい」

「了解した」ドートレが言った。

ふたりの警官がポーチの階段をいっしょに降りていき、バラードは家のなかに入り、カウチに戻った。ウインター夫人はバラードが腰を下ろすまえに口をひらいた。

「あの子が自殺をしたとは思いません」

その意見表明はバラードを驚かせなかった。否定は悼みのプロセスの一部だった。

「なぜそう思うんです？」

「あの子が自殺するはずはないんです。事故だと思います。ミスをしたんです。遊んでいて、なにかがうまくいかなかったんです」

「どうやって遊んでいたんでしょう？」

「ほら、子どもが自分の部屋で遊ぶやり方です。ひとりきりでいるときに。たぶんあの子はわたしが帰ってきて、あの行為をしている自分を受け止めるのを待っていたんでしょう。ほら、関心を惹くために。わたしがまにあって受け止め、あの子を救ったら、それからはあの子にかかりきりになるでしょう」

「お子さんはひとりっ子ですが、充分な関心を得ていると思っていなかったんですか？」

「充分な関心を得ていると思う子どもはいません。わたしもそうでした」

バラードは精神的外傷や喪失に苦しむ人がさまざまな形で悲しみを処理するのを知っていた。人生の大惨事に苦しんでいる人が口にすることに批判的な判断をするのは控えようとつねに心がけていた。

「ウインターさん、ここにこのようなつらい時期にあなたが利用できるサービスの概要を記したパンフレットがあります」

「言ったでしょ。そんなのいらないの。ただ放っておいてほしいの」

「気が変わった場合に備えて、テーブルに置いておきます。とても役に立つかもしれません」

「お願いだから出ていってください。ひとりになりたいんです」

「あなたをひとりきりにするのは気がかりなんです」

「心配しないで。娘のために悲しませてちょうだい」

バラードは返事をせず、動きもしなかった。やがて母親は両手に埋めていた顔を起こし、充血し、濡《ぬ》れた目でバラードをにらみつけた。

「出てって！　あなたを出ていかせるためにわたしはなにをやらないといけないの？」

バラードはうなずいた。

「わかりました。出ていきます。ですが、セシリアがああいう行動を取った理由を知るのはいいことだと思います」

「子どもがなにかをする理由なんてわかるもんですか」

バラードはリビングを通り抜けて、玄関へ向かった。椅子に座っている女性を振り返り見る。顔をふたたび両手に埋めていた。

バラードは家を出て、車のところにいるロバーズとドートレに合流した。

「なにもなかった」ドートレが言った。

「この家のゴミ箱と両隣の家のゴミ箱を調べました」ロバーズが言った。「もっと調べたほうがいいですか？」

バラードは家を振り返り見た。リビングのカーテンの奥で明かりが消えるのが目に入った。けっして解けない謎があることをバラードは知っていた。

「いえ」バラードは言った。「撤収してちょうだい」

警官たちはすぐに自分たちのパトカーに乗りこんだ。まるで一刻も早くこの現場から逃れたいと思っているかのようだった。バラードは彼らを非難しなかった。自分の車に乗り、そこにしばらく座って、いまでは暗くなった家を見つめていた。やがて携帯電話を取りだし、セシリアの連絡先に**パパ**と登録されていた番号にかけた。バラードはその番号を書き写していた。すぐに男性の声で電話に応答があったが、眠っているところを起こされて驚いているようだった。

「ウインターさん？」

「はい、そうですが、どちらさん？」

「ロサンジェルス市警のバラード刑事と申し――」

「ああ、神さま、ああ、神さま、なにがあったんです？」

「お伝えするのは残念ですが、あなたの娘さんのセシリアが亡くなりました」

長い沈黙があった。その沈黙を破ったのは、電話の向こう側にいる男が泣きだした音だった。

「いまどちらにおられるのか教えていただけますか？　いっしょにいてくれるような人はいますか？」

「彼女に話したんだ。今回は本気のような気がすると言ったんだ」

「セシリアに話したんですか？　なにを彼女に話したんです？」

「いや、妻にだ。わたしの娘は――われわれの娘は……問題を抱えている……抱えていた。あの子は自殺したんですね？　ああ、なんてことだ、わたしにはどうしようも……」

「はい、自殺したようです。今夜あなたは娘さんと話をしましたか？」

「あの子がかけてきたんです。やるつもりだと娘は言いました。まえにもそういうことを言ったんですが、今回は本気のようで……妻はそこにいますか？」

「奥さんは家におられます。われわれに出ていってほしいとおっしゃったんです。彼女といっしょにいるようこちらから連絡できるような家族や友人はいますか？　わたしがいまお電話しているいちばんの理由はそれなんです。われわれに出ていってほしいという奥さんの希望を尊重しなければなりませんが、彼女はひとりでいるべきではないと思います」

「だれか人をやります。妻の姉に連絡します」

「わかりました」

さらに鼻を鳴らす音が聞こえ、バラードはそれがやむまでしばらくそのまま待った。

「いまどちらにいるんですか、ウインターさん？」

「ネイパーヴィルです。わたしが働いている会社は、ここに本拠を置いているんです」

「それはどこなんでしょう？」

「シカゴの郊外です」

「あなたはご自宅に戻り、奥さんといっしょにいるべきだと思います」

「そうします。朝一番のフライトを押さえます」

「電話で娘さんがなんと言ったのか話していただけますか？」

「友だちが持てず、太りすぎなことにうんざりした、と言ってました。われわれはあの子にいろんなことを試しました。あの子を助けるために。ですが、なにもうまくいかなかったんです。今回は違っている感じがしました。あの子はとても悲しんでいるようでした。あんなに悲しそうにしているのは聞いたことがなかったので、アイヴィに娘から目を離さずにいるよう言ったんだ」

おしまいのほうの言葉を激しい口調で吐きだすと、彼は声を上げて泣きだした。

「ウインターさん、あなたは奥さんといっしょにいなければなりません。明日までいっしょにいられないとわかっていますが、あなたは奥さんに電話をするべきです。アイヴィに電話をかけて。もうこれで切りますので、電話をかけてあげてください」

「わかった……電話する」

「これはあなたの携帯電話番号ですね？」

「あー、そうです」

「では、そちらの履歴にわたしの携帯番号が残るはずです。なにか質問があったり、わたしにできることがあれば、電話してください」

「あの子はどこにいるんです？　わたしのベイビーはどこです？」

「検屍局に彼女は運ばれました。そしてそこからあなたに連絡があるはずです。おやすみなさい、ウインターさん。お悔やみ申し上げます」

バラードは通話を切り、長いあいだ車のなかでじっと座っていた。十一歳の少女がみずからの命を絶ったことを受け入れるのと、母親は娘をぶら下がったままにし、父親はどんなふうに娘が自殺したのか一度も訊ねなかったせいで疑わしく思っている気持ちとのあいだで引き裂かれていた。

バラードは携帯電話を手元に引き寄せ、リダイヤルを押した。ウインターがすぐに出た。

「ウインターさん、かけ直してすみません」バラードは言った。「奥さんと話し中でしたか？」

「いいえ」ウインターは言った。「まだ妻に電話する気持ちになれないでいるんです」

「あなたがいま使っているのはｉＰｈｏｎｅですか？」

「ええ、そうです。どうしてそんなことを訊くんです？」

「なぜなら、わたしが書かなければならない報告書のため、あなたの居場所を確認する必要があるんです。つまり、わたしはネイパーヴィルの警察に連絡を取って、警察官をあなたの泊まっているホテルに向かわせなければならないということですが、つまり、あなたからご自分の連絡先情報をわたしに送っていただき、わたしと位置情報を共有することで居場所を確認することができます。そうすれば時間の無駄を省けますし、あなたはそちらの警察に立ち入られずにすみます」

長いあいだ沈黙が降りた。

「ほんとにそんなことをしないといけないんですか?」ウインターがやがて訊いた。

「はい、われわれはそうするんです」バラードは言った。「捜査手順の一部です。あらゆる死亡事案は捜査の対象になります。もし電話で居場所を共有したくないのであれば、いまどこにいるのか話していただけるだけで、できるだけはやく地元の警察官を走らせます」

さらなる沈黙がつづき、やがてウインターが口をひらいたとき、聞き間違いようのない冷たさがその声に加わっていた。

「連絡先情報をあなたにメールし、居場所をあなたと共有します」ウインターは言った。「それでもう用はすむんですね?」

「はい」バラードは言った。「ご協力にあらためてお礼を申し上げますとともに、お悔やみ申し上げます」

16

分署に戻る途中でバラードは遠回りしてカーウェンガ大通りを南下し、コール・アヴェニューに向かった。市立公園のフェンスに沿って並んでいるテントや防水シート製の差しかけ小屋、人がなかに入っている寝袋のそばをゆっくり車で通る。昨夜、焼き殺された男が使っていた場所は、オレンジ色と青色のテントを持っているだれかにすでに使われているのをバラードは見た。通りで車を停め——交通の流れを阻害することを心配するほどの車は走っていなかった——マンディという名の若い娘が眠っているのを知っている青い防水シートを見た。なにもかも静まり返っているようだった。一陣の風に一瞬、汚れた防水シートがめくれあがったが、すぐにその場面は静かな暮らしの場に戻った。

バラードは、マンディと彼女の人生の見込みについて考えた。それからセシリアのことを考え、どうして幸せになれる見込みのようなものを失ってしまったのだろう、と思った。するとバラードは自分自身の絶望的なはじまりについて考えた。どうしてひとりの子どもが暗闇のなかで希望を保っている一方、別の子どもがそんなものは永遠に失われてしまったと信じるにいたったのだろう？

携帯電話が鳴り、バラードは出た。ワシントン警部補からであり、バラードはすぐさま自分の携帯無線機《ローヴァー》をどこかに置き忘れたかどうか確かめようと充電器を見た。だが、ローヴァーはホルダーに収まっていた。ワシントンは無線を使うより、携帯電話にかけるほうを選んだのだ。

「警部補？」

「バラード、いまどこにいる？」

「署に向かっています。あと三ブロックほどのところにいます。どうしました？」

「ドートレとロバーツがいままでここにいた。ふたりが少女のことをわたしに報告した」

警部補はドートレの名前の発音を間違っていた。娘《ドーター》よりも疑り深い人《ダウター》のように発音していた。それにロバーズの名前をまったく間違えていた。

「彼女がどうしたんです？」バラードは言った。

「ひどいありさまだと聞いた」ワシントンは言った。「きみは自殺だと確認したんだな？」

「わたしが自殺だと署名しました。両親はある意味疑わしい人たちでした。父親は街を離れています。ですが、それは確認しました。自分がいるという場所に父親はいました。フォローアップの仕事はウェスト方面隊の殺人課に委ねるつもりです」

「わかった、あのな、きみにはここに戻ってきてもらいたい。BSUに来させて、きみたち三人と話をしてもらう」

行動科学班《BSU》。それは心理カウンセリングを意味していた。それはバラードが市警でいちばん望まないものだった。市警にいる人間の半分が、バラードが上司を相手にセクハラの申し立てをでっち上げたと考えていた。その充分な証拠のない調査のせいで、バラードは一年間強制的にBSUのセッションを受けさせられた。経歴ファイルにあらたな精神分析医の診断記録を付け加えれば、残りの半分の人間にその一般的な考えを信じさせてしまうだろう。しかもそのまえに女性警察官にはダブルスタンダードが存在している。カウンセリングを求める男性警察官は、勇気があり、強いと思われるのに、女性警察官がおなじことをするとたんに脆弱《ぜいじゃく》だと見なされるのだ。

「冗談じゃない」バラードは言った。「そんなの受けたくありません」

「バラード、ひどい現場だったんだ」ワシントンは食い下がった。「いま詳細を聞いたら、まさにホラーショーだった。きみはだれかと話をしなければならない」

「警部補、わたしはだれとも話したくありませんし、だれかと話をする必要もありません。もっとひどいものを見たことがあるんです、いいですか？　それにやらなきゃならない仕事があります」

バラードの口調にワシントンは口をつぐんだ。しばらく沈黙がつづいた。バラードはひとりの男がひとり用のテントから這《は》いだし、縁石に向かって歩いていくと、おおっぴらに溝に小便をしはじめるのを見た。男はバラードに気がついていなかったか、あるいはアイドリングしているバラードの車の音を聞いていなかった。

「わかった、バラード、だが、申し出はしたぞ」ワシントンは言った。

「はい、あなたはカウンセリングの申し出をしてくださいました、警部補」バラードは口調を穏やかにして答えた。「それには感謝しています。わたしは刑事部屋に戻って、この件の報告書を仕上げ、それできょうの仕事は終わりにします。ビーチに出かければ、すべてまったく問題なくなります。海の水がすべてを癒やしてくれます」

「了解した、バラード」

「ありがとうございます」

だが、バラードは、シフトの終わりに自分がビーチを目指して西に進むつもりがないのを知っていた。きょうは、銃弾の持ちこみ検査を受けつけてくれる水曜日であり、列の最初に並ぶ計画をしていた。

BOSCH

17

第一〇六号法廷は午前九時五分を迎えていたが、アルバート・モラレス救急救命士の姿はなかった。ボッシュは法廷の出入り口付近に立ち、いつでも廊下に出て、探せるようにしていた。五分おきに彼はそうしていた。ハラーは弁護側テーブルに座り、法廷での一日の準備をしているように見せようとして、書類とファイルを使って忙しそうにしていた。

「ハラー弁護士」廷吏が言った。「判事の用意が整っています」

廷吏の声は判事室から電話で廷吏に伝えているに決まっている判事のせっかちな気持ちを伝えていた。

「はい、わかっています」ハラーは言った。「いま証人シートを探しているところで、見つかったらすぐに進められます」

「あなたの依頼人を連れてきてもいいですか？」廷吏が訊ねた。

ハラーは振り返り、ボッシュにまた視線を向け、あんたがしくじったんだぞ、という目つきでにらんだ。

「えーっと、ちょっと待ってください」ハラーは言った。「少しだけ、うちの調査員と相談させてください」

ハラーは弁護側テーブルから立ち上がり、ゲートを突破して、大股でボッシュに近づいた。

「おれはきみの調査員じゃないぞ」ボッシュは小声で言った。

「どうでもいい」ハラーは言った。「いまのはあんたじゃなく、廷吏のために言ってあげたんだ。われわれの証人はどこにいる？」

「わからん。召喚状には九時と書いており、おれはあの男に九時と言ったんだが、彼はここにいない。消防署に電話する以外に彼に連絡する方法はなく、彼はきょうオフなので、消防署にいないのはわかってる」

「なんてこった！」

「判事にあと一時間くれるか確かめてみろ。おれは探しに出かけ――」

「判事がおれにくれるのは、法廷侮辱罪だけだ。たぶんいま判事室でその書面を書いているだろう。ひょっとしたらあと五分凌《しの》げるかもしれない。そのあとは、ＤＮＡ証人を出廷させて、逆の順番でやるしか――」

扉がひらき、ハラーは口を閉じた。ボッシュはハラーのようなよそいきの服装をしているモラレスに気づいた。額に汗がにじんでいた。大きな釣り道具入れのように見える救命キットを手にしていた。

「彼だ」

「まあ、もう時間だ」

ボッシュはハラーのそばを離れ、モラレスに近づいた。

「召喚状には九時と書かれていましたよ」ボッシュは言った。

「車を停める場所が見つからなかったんだ」モラレスは言った。「だから、消防署に停め、こいつを抱えて歩いてきた。十四キロもあるんだ。それにあのいまいましいエレベーターに乗るには永遠の時間がかかる」

「わかりました、廊下に戻って、ベンチに座ってください。だれとも話さないように。落ち着いて、動かないで。わたしが廊下に出て、あなたをなかに通すまで」

「汗だくなんだ。トイレにいって、タオルかなにかで拭わないと」

「エレベーターの先のホールにあります。やらねばならないことをしてください。ただし、急いで。そのあとここに戻ってきて。そのあいだキットを見ていましょうか？」

「おれにいっさい恩を売らないでくれ。そもそもおれはここにいたくないんだ」

モラレスは法廷を出ていき、ボッシュは歩いてハラーのところに戻った。

「あと五分で彼の用意が整う。消防署から歩いてきたので、汗だくで、少し綺麗にしたがっている」

「箱に例の物を入れていたか？」

「入れているはずだ。おれは訊かなかった」

「入れといてくれよ」

ハラーは背を向け、ゲートを通って戻っていった。廷吏に手を振って合図する。

「依頼人を連れてきてかまわない。判事も呼んでくれてかまわん」ハラーは呼びかけた。「弁護側は裁判を進める用意を整えました」

ボッシュは検察官のサルダーノが疑わしげにハラーを見ているのに気づいた。彼女はなにが起ころうとしているのかまったくわからずにいた。

十分後、審理が再開され、ハーシュタットがハラーの隣に着席した。ファルコーネ判事は法壇に着いていたが、陪審席は空だった。ボッシュは法廷の出入り口に近い、傍聴席の最後尾の列から眺めていた。

判事は怒っていた。陪審員たちに早朝に出廷するようにと伝え、彼らはそれに従ったのだった。だが、いま、陪審員たちは集会室に座っている一方、弁護人たちは予想外の証人を含めることについて言い争っていた。モラレスは裁判の開始時に弁護側が法廷と検察側に提出した証人リストに載っていなかった。サルダーノはモラレスが証言をすることに闇雲に異議を唱えていた。原則として、モラレスが何者なのかわからず、あるいはなにを証言するつもりかわからずにいる状況では、と。

そのことが悪い一日のはじまりになっていた。

「ハラー弁護士、昨日遅くにあなたに召喚状を認めたからといって、この証人の証言を保証したわけではありません」判事は言った。「州側の異議は予想しており、あなたは裁判のかかる終盤に彼を含めるという確固たる根拠を提供するのだろう、と思っていました」

「閣下」ハラーは言った。「本法廷は弁護側に大幅な裁量を認めてくださり、心より感謝いたしております。ですが、この審理の冒頭で閣下が陪審にお話しになられたように、本法廷でおこなわれるのは真実の追究です。わたしの調査員は昨夕、その真実の追究の行方を左右しうる証人の居場所を突きとめました。彼の証言を陪審に聞かせないのは、わたしの依頼人だけではなく、カリフォルニア州の人民にとって不公正なことであります」

ファルコーネは傍聴席を見やり、ボッシュに気づいた。ほんの一瞬、ボッシュは判事が失望の表情を浮かべた、と思い、またしてもハラーが自分の調査員と呼ぶのをやめてくれればいいのにと願った。

「ですが、おわかりのように、ハラー弁護士、あなたがご自身の調査員とこの証人によってこしらえた環境は、検察側にとって明確に不公正なものです」判事は言った。「ミズ・サルダーノはこの証言に対して用意をする時間がなく、彼女の調査官にこの証人について調べさせ、背景を把握する時間がなく、あるいは彼女自身が自分で証人に質問する時間もなかったのです」

「まあ、わたしの世界にようこそ、閣下」ハラーは返答した。「わたしもこの証人に一度も会ったことがなく、自分で話しかけたこともありません。いまも言いましたように、彼の重要性はきのう遅くに発見されたのです――五時十五分に判事は召喚状に署名されたはずです。彼はいまここに証言しに来ております。彼が発言すれば、彼がなにを言わねばならないのか、われわれ全員が知るでしょう」

「で、あなたはいったいなにを彼に訊くつもりなんですか？」

「わたしは殺人事件が発生した日に彼が巻きこまれた出来事について訊ねるつもりで

す。彼はモンゴメリー判事が殺害される一時間と少しまえにわたしの依頼人がコーヒーショップで発作を起こした際、手当てに当たった救急救命士です」

判事は検察官のほうに関心を向けた。

「ミズ・サルダーノ、意見を述べたいですか？」

サルダーノは立ち上がった。彼女は三十代後半で、地区検事局の有望な若手であり、重大犯罪班に所属していた。彼女のいくところ、マスコミが付いてくる。ボッシュは傍聴席の前列に記者たちが並んで座っているのにすでに気づいていた。

「ありがとうございます、閣下」サルダーノは言った。「本法廷ですでにあらましを述べられた原則に基づいて、州は単純に異議を唱えることができます——通告の欠如、弁護側証人リストにこの証人を含めることの欠如、彼の証言に関する資料開示の欠如です。ですが、ハラー弁護士が真実の追究という古くさい修辞による特別な適用の申し立てをすると判断なされている以上、州は、この証人が本件の証明においてなんら付け加えるものはないであろうと主張します。どんな形であれ、われわれが真実により近づけるようなことはありません。われわれはハラー弁護士自身の専門家証人による、彼の依頼人がコーヒーショップで起こしたとされている発作に関する証言をすでに得ております。州はその証言に異議は唱えませんでした。このあらたな証人はおなじ情報を提供することしかできないはずです」

サルダーノはいったん息継ぎをしてから、弁論のまとめに入った。

「ですから、閣下、明確にこれはある種の時間稼ぎであります」サルダーノは言った。「法廷の時間の浪費です。手品の袋になにも残っていない法廷の奇術師が演じるあらたな煙と鏡です」

ボッシュは笑みを浮かべ、椅子に寄りかかって検察側テーブルのほうを向いているハラーがほほ笑むのをこらえている様子を見た。

サルダーノが腰を下ろすと、ハラーは立ち上がった。

「閣下、よろしいでしょうか？」ハラーは訊いた。

「手短にしてください、ハラー弁護士」ファルコーネ判事は答えた。「陪審は九時から待っているのです」

「『煙と鏡』ですと、閣下？『手品の袋』ですと？ここでは人の命がかかっており、地区検事補によるそうしたキャラクタリゼーションに異議を唱えます。それはただ――」

「ああ、よしてくれ、ハラー弁護士。本法廷だけでもきみはもっとひどい言い方をしてきたのをわたしは耳にしている。だから、自分自身の正当化はやめようじゃないか

――われわれはふたりとも、市内全域のバスやバス停のベンチにあなたが貼っている広告の次の宣伝文句をミズ・サルダーノが考えてくれたのだとわかっている――『〝法廷の奇術師〟と地区検事局では言われています』とね」

法廷にくぐもった笑い声が聞こえ、自分がやってしまったことを悟ってサルダーノがうつむいているのをボッシュは見た。

「宣伝の助言をありがとうございます、判事」ハラーは言った。「この裁判が終わりましたら、すぐそれに取りかかります。ですが、まさにここで、まさにいま、大切なのは、わたしの依頼人の生命と自由が危険にさらされていることであり、廊下のベンチに座っている証人は、証言をしたいと望んでおり、なにが起こったのか明らかにしてくれるとわたしが信じている人物であります――コーヒーショップにおいてだけではなく、一時間後、グランドパークで、閣下のご友人であり同僚であったモンゴメリー判事の身になにがあったのかを。証人が明らかにする予定の証拠は、検察の証拠が信用に値するものかどうかという重要問題に関連があり、決め手になりうるものです。最後に、この証人の存在と彼の証言内容は検察側が知っていたか、あるいは知っておくべきであったということを付け加えます――わたしの調査員は州側の開示資料から彼の名前を手に入れたのです。このあらたな証人を出廷させ、証言させることを認めていただきますよう、法廷の寛大な判断をお願いします」

ハラーは腰を下ろし、判事はサルダーノを見た。検察官は立ち上がろうという動きを示さなかった。

「異議はありません」サルダーノは言った。

ファルコーネはうなずいた。

「わかりました。陪審を入廷させてください」判事は言った。「ハラー弁護士、あなたの証人が証人席に着くことを認めるつもりですが、反対訊問の用意にミズ・サルダーノが必要とする時間を可能なかぎり与えるつもりでもいます。もしミズ・サルダーノが証人に訊問したいと望むのであれば」

「ありがとうございます、閣下」ハラーは言った。

ハラーは振り返り、ボッシュを見て、うなずいた。ボッシュはモラレスを連れてくるため、立ち上がった。

18

最初からアルバート・モラレスは喧嘩腰《けんかごし》の態度を示す男のように見えた。明らかにオフの日に法廷にいたくないと思って、興味なさそうにふるまい、すべての質問にぶっきらぼうに答えることでそれを示していた。ボッシュの目から見ると、それはいいことだった。救急救命士がハラーを明白に嫌っているのは、刑事弁護士が彼から依頼人に役立つであろう回答を引きだした場合、それがどんなものであろうと、さらなる信頼性をもたらした。

ボッシュはふたたび最後列から見ていた。これは出入り口のそばにいなければならなかったからではなく、最後列は、法廷の留置場に通じる扉のまえに置かれた机に配置されている廷吏である保安官補の目が届かなかったからだった。電子機器の使用は、上級裁判所の廊下を除き、全域で禁じられていた。廷吏たちはしばしば法執行官と検事を大目に見ていたが、弁護側の人間にはけっして許さなかった。ボッシュは、あらかじめモラレスに質問をする機会を持てなかったハラーが訊問をおこなう際、弁護士と連絡を取り合うことができるようにする必要があった。その訊問は、安全ネットなしに高い綱渡りをおこなうのも同然であり、ハラーは手に入るかぎりのすべての協力を欲していた。ハラーはメッセージを受信するスマートウォッチを腕につけていた。ボッシュがメッセージを短く切り詰めているかぎり、ハラーは時間を見るふりをしながら、腕時計でそれを受け取り、確認することができるだろう。

氏名と職業と経験を確認する予備訊問が片付くと、ハラーは本題に入って、モンゴメリー判事が殺された日に、ファースト・ストリートにある〈スターバックス〉で男性が倒れたという通報を受け取ったかどうか、モラレスに訊ねた。

「受け取りました」モラレスは答えた。

「そのときあなたにはパートナーがいましたか？」ハラーが訊いた。

「いました」

「それはだれです？」

「ジェラード・カンター」

「そしてあなたたちふたりは、〈スターバックス〉の床に倒れていた男性の手当てをしたんですね」

「しました」

「きょう、この法廷でその男性を認識していますか？」

「認識？　いいえ」

「ですが、あなたは、その男性がこの法廷にいることをご存知ですね？」

「はい」

「それはどのようにして知っているのでしょう？」

「ニュースでやたら報道されていますから。この裁判がどんなものか、わたしは知っています」

モラレスはいらだった口調で答えたが、ハラーは無視して、先に進めた。

「では、あなたは本件の被告、ジェフリー・ハーシュタットが、その日、〈スターバックス〉の床であなたが手当てをした男性だと知っているのですね？」

「はい」

「ですが、彼を認識していない？」

「わたしはおおぜいの人の手当てをします。全員を覚えていられません。加えて、彼は監獄にいるあいだに、綺麗になったようです」

「では、手当てをする人たち全員を覚えていられないので、あなたは救助要請のたびにご自分がしたことを詳しく記す報告書を作成している、そうですね？」

「はい」

下地を塗り終え、ハラーは判事に、ハーシュタットに対する事案のあとでモラレスが提出した消防局事案報告書のコピーを持ちだす許可を求めた。いったんそれが認められると、ハラーはモラレスのまえに一枚のコピーを置いて、発言台に戻った。

「その書類はなんですか、モラレスさん？」

「わたしが提出した事案報告書です」

「ジェフリー・ハーシュタットを〈スターバックス〉で手当てしたあとで」

「そのとおりです。彼の名前が記してあります」

「陪審に要約を読み上げていただけますか？」

「はい。『対象者は店の床に倒れるか、発作を起こすかしていた。バイタルはすべて正常。酸素レベルは正常。転倒で生じた小さな頭部裂傷の手当ても移送も拒否された。対象者は立ち去った』」

「いいでしょう。その最後の部分の意味は、どういうことです？『対象者は立ち去った』というのは」

「まさに言葉どおりの意味です――対象者はわれわれからのいかなる救助も拒み、たんに起き上がると立ち去ったんです。ドアから出ていき、それで終わりです。そのことがなぜそんなに重要なのかわかりません」

「まあ、そこをあなたにはっきりおわかりいただくようにしましょう。いったい――」

サルダーノが立ち上がって、異議を唱えた。

「閣下、弁護人は、自分自身の証人がここで自分はなにをしているのかについて正当な懸念を抱いているのに、証人を困らせています。わたしも同様の懸念を抱いています」

「ハラー弁護士、おわかりですね」ファルコーネは言った。

「はい、閣下」ハラーは答えた。

「そしてこの証人によって真実の追究をどうやって進めるのか証人と検察官が疑問に思っていることにわたしも加わります」判事は付け加えた。ざまあみろ、という表情をボッシュを見つけた。

モラレスは傍聴席を見渡し、ボッシュを見つけた。ざまあみろ、という表情をボッシュに向ける。

「判事」ハラーは言った。「もし証人への訊問をつづけさせていただければ、すぐさますべての関係者にとって明白になるとわたしは考えています」

「では、進めてください」ファルコーネは言った。

ハラーは時間に注意するかのように腕時計をチェックし、ボッシュからの最初のメッセージを読んだ——

例の物に言及しろ。

「モラレスさん、あなたの事案報告書の要約には、『バイタルはすべて正常。酸素レベルは正常』と書かれていました。それはどういう意味です？」

「彼の心拍数と血圧が測定され、許容範囲にあったという意味です。彼の血液には酸素が供給されていました。どこにも異常はなかったという意味です」

「その結論にはどのように至ったのでしょう？」

「わたしは彼の心拍数を計測し、パートナーが彼の血圧を測定しました。わたしたちのどちらかが彼の指にオキシメーターを装着しました」

「それは決まり切った手順でしょうか？」

「はい」

「オキシメーターはなにをするものなんですか？」

「血中の酸素量を測定します。酸素を含んだ血液を循環させているという観点で見ると、心臓の働きがよくわかります」

「それがあなたたちが指にオキシメーターを装着した理由でしょうか？　指先での測定をのぞんだ？」

「そのとおりです」

「さて、あなたがきょうご自身の救命キットをお持ちだと気づきました。それは正しいですか？」

「はい、なぜなら召喚状にそうするように書かれていたからです」

「あなたがいま言及されたそのオキシメーターですが、それはあなたのキットのなかに入っていますか？」

「そのはずです」

「キットをひらいて、オキシメーターを陪審に見せてくださいますか？」

モラレスは証言席の横の床に手を伸ばし、救命キットのラッチをパチンと弾いてあけた。蓋をひらき、なかのトレイに入っている小型の装置をつかんだ。その装置をハラーに向かって掲げ、ついで陪審のほうを向いて、それを示した。

「それはどのように使うんですか、モラレスさん？」ハラーが訊いた。

「単純です」モラレスは言った。「電源を入れ、指にはめると、この装置から指に赤外線が照射されます。それによって血中の酸素飽和度が測定できるのです」

「どの指にはめてもいいんですか？」

「人差し指にはめます」

「どちらの手でもかまわないんでしょうか？」

「かまいません」

「その日、あなたはどれくらいの時間、ジェフリー・ハーシュタットの手当てをしましたか？」

「報告書を見てもいいでしょうか？」

「どうぞ」

モラレスは報告書をざっと見て、答えた。

「最初から最後まで、彼が立ち去るまで、十一分間です」

「それから、あなたはなにをしましたか？」

「そうですね、彼がオキシメーターを指にはめたまま立ち去ったのに気づきました。わたしが彼を追いかけ、オキシメーターをつかみました。そののち、わたしたちは道具を片づけ、ラテを二杯買って、その場をあとにしました」

「消防署に戻ったんですか？」

「はい」

「その消防署はどこにあります？」

「フリーモント・アヴェニューとファースト・ストリートの角に」

「ここにかなり近いですね？」

「はい」

「実際にあなたはきょう証言するために消防署からここにキットを抱えて歩いてきた。そうですね？」

「はい」

「グランドパークを通り抜けてきましたか？」

「はい」

「以前にグランドパークに来たことはありますか？」

「はい」

「それはいつのことですか？」

「何度もあります。三番消防署の管轄地域の一部ですから」

「〈スターバックス〉であなたがジェフリー・ハーシュタットの手当てをした日の話

に戻って、第三救助隊は、その日の午前中、あなたが消防署に戻ってからすぐ、あらたな救急要請を受けましたね？」

「はい」

「それはどんな要請でした？」

「刺傷事件です。今回の事件です。判事が刺された事件です」

ボッシュはモラレスからサルダーノに視線を移した。彼女は隣に座っているサブの検事補に体を傾け、耳元で囁《ささや》いていた。すると彼は立ち上がり、法廷の手すりのそばの椅子に置かれている厚紙製のファイルボックスのところにいった。彼は書類を調べだした。

「ハーシュタットさんの手当てをし、彼のバイタルをチェックして戻ってから、どれくらい経ってその要請があったのか、覚えていますか？」

「いますぐには思いだせません」

ハラーはある事案報告書をモラレスに渡す許可を判事に求めるというおなじ手続きを繰り返した。今回はモンゴメリー刺傷事件の報告書だった。

「その書類でいろいろわかりませんか、

「あなたがそうおっしゃるなら」モラレスは言い返した。

「それを一枚目の報告書と見比べるなら、両方の要請の間隔は一時間と九分離れているのではないですか？」

「そのようですね」

「では、そのことを念頭に置いてつづけましょう。あなたがハーシュタット氏といっしょにいたのは十一分間で、そのあとラテを買った。それにはどれくらいかかりました？」

「覚えていません」

「列があったのを覚えていますか？」

「〈スターバックス〉です。列がありました」

「オーケイ。では、少なくとも二、三分はそこにおられたんだ。あなたとパートナーは、ラテを買って店内に座りましたか、それともそれを持って出ていきましたか？」

「持って出ていきました」

「そして消防署にまっすぐ戻った？」

「はい、どこにも寄らずに戻りました」

「救急要請に対応して署に戻った際にあなたが従うなんらかの手順あるいは手続きはありますか？」

「われわれは備品を補給し、報告書を書きます」

「まずラテを飲み終えてから？」

「覚えていません」

「ですが、あなたはこの要請を受けたんですね、グランドパークでの刺傷事件の？」

「はい」

「そしてそれに出動した」

「はい」

「あなたとパートナーが現場に到着するのにどれくらいかかりましたか？」

モラレスは事案報告書を見た。

「四分です」モラレスは答えた。

「被害者のモンゴメリー判事は、あなたが現場に到着したときには生きていましたか？」ハラーは訊いた。

「今際《いまわ》の際でした」

「どういう意味です？」

「死にかけていました。出血多量で、反応が鈍かったんです。心拍がありませんでした。判事に対してわたしたちが打てる実効性のある手はなかったんです」

「あなたはいま心拍がありませんでしたとおっしゃった。では、あなたはいま言われたように彼が今際の際だったという事実がありながら、バイタルをチェックしたんですね？」

そこだ、とボッシュはわかっていた。この審理はようやくその質問にたどり着いた。

「チェックしました。それが決まった手順なんです。たとえなにがあろうと、それをおこないます」

「オキシメーターを用いて？」

モラレスは答えなかった。彼はようやく自分の証言の重要性に気づき、すべてが自分の回答で方向を変えうると悟ったのだ、とボッシュには思えた。

「オキシメーターを用いて？」ハラーは再度問いかけた。

「はい」ついにモラレスは答えた。「決まった手順の一部ですので」

「それは一時間足らずまえにジェフリー・ハーシュタットのバイタルをチェックするのに用いたのとおなじオキシメーターでしたか？」

「そうなるでしょう」

「答えは、イエスですか？」

「イエスです」

「ちょっとお待ちください、閣下」

ハラーは最後の回答が陪審のまえにしばらく残るよう印象づけた。ボッシュは、ハラーが次の質問に関して決心をしようとしているのだとわかった。急いで短いメッセージを送った――


訊かないのか？


ボッシュは、ハラーが腕時計を確認して、メッセージを読んだのを見た。

「ハラー弁護士？」ファルコーネが促した。

「閣下」ハラーは言った。「少しのあいだ調査員と相談してもよろしいでしょうか？」

「早く終えてください」ファルコーネは言った。

ボッシュは立ち上がり、ポケットに携帯電話を滑りこませると、通路を歩いて手すりのところまでいった。ハラーがやってきて、ふたりは小声で話し合った。

「ここまでだ」ハラーは言った。「ここまででやめようと思う」

「サイコロを転がして、賭けに出ていると思ったんだが」ボッシュは言った。

「出ている。出ていた。だけど、やりすぎたら、だいなしにしてしまう」

「きみが訊かないなら、検察官が訊くぞ」

「それほど確信があるふりをしないでくれ。彼女にとっても諸刃《もろは》の剣《つるぎ》なんだ。彼女はあの男になにも訊かないかもしれない」

「真実の追究だぞ。判事はそう言った。きみもそう言った。あの質問をしろ。そうしないとおれはきみの調査員にはならん」

ボッシュは先ほどまで座っていた場所に戻ろうと背を向けた。はじめてボッシュはレネイ・バラードが法廷にいることに気づいた。傍聴席の反対側にいた。彼女が入ってくるのを見なかったし、いったいいつからここにいるかもわからなかった。

席につくとすぐ、ボッシュは法廷の正面に関心を戻した。ハラーはモラレスをじっと見つめ、先に進むのをやめるべきか、きょう――そして裁判自体――勝つか負けるか決める力のある質問をするべきか、決めかねていた。

「ハラー弁護士、ほかに質問はありますか？」判事は促した。

「はい、閣下、あります」ハラーは答えた。

「では、訊ねてください」

「はい、閣下。モラレスさん、あなたが出動したその二度の救急要請のあいだに、そのオキシメーターはどこにありましたか？」

「わたしのキットのなかです」

ボッシュはハラーが拳を握りしめ、タッチダウンを決めたあとにボールを地面に叩きつけるかのように軽く発言台にぶつけたのを見た。

「あなたはそれを取りだしたりしなかったんですね？」

「はい」

「あなたはそれを掃除したり、消毒したりしなかったんですね？」

「はい」

「それに滅菌措置を取ったりしなかったんですね？」

「はい」

「モラレスさん、あなたはＤＮＡ移動がどういうものかご存知ですか？」

サルダーノが飛び上がるように立ち上がって、異議を唱えた。モラレスはＤＮＡの専門家ではなく、ＤＮＡ移動に関係する証言をおこなうのを認められるべきではない、とサルダーノは主張した。判事が反応するまえにハラーが反応した。

「質問を取り下げます」ハラーは言った。

異議が来るのはハラーもわかっていたのは明らかだった。**ＤＮＡ移動**という言葉を記録に残し、陪審にそれについて考えさせたかっただけだった。ハラーの次の証人が、それに関して議論をまとめるだろう。

「では、次の質問はありますか、ハラー弁護士？」判事が訊いた。

「いいえ、閣下」ハラーは答えた。「質問は以上です」

ハラーは弁護側テーブルに戻りながら、ボッシュのほうをちらっと振り返って、うなずいた。ボッシュは記者たちがいる席を確認した。彼らは凍りついているようだった。ハラーがモラレスの訊問でたったいま成し遂げたことを強調するように法廷は静まり返っていた。

「ミズ・サルダーノ、証人に反対訊問をおこないたいですか、それとも少し準備時間が必要ですか？」判事が訊ねた。

ボッシュは検察官がカリフォルニア州刑法典四〇二条に基づく審問を要求すると予想していた――陪審不在の状態で、モラレスの反対訊問の準備にどれくらい時間が必要なのか、判事に伝えるために。判事はすでに寛大な猶予を与えるつもりである、と検察官に伝えていた。

だが、検察官は、立ち上がって、発言台に向かうことでボッシュだけでなく、おそらく法廷にいる全員を驚かせた。

「手短に質問します、閣下」サルダーノは言った。

サルダーノは法律用箋を発言台に置き、そこに記したメモを確認してから、顔を起こして証人を見た。

「モラレスさん、あなたの救命キットには一個しかオキシメーターが入っていないんでしょうか？」サルダーノは訊いた。

「いいえ」モラレスは言った。「予備を一個入れています。ほら、どちらかの電池が切れていた場合に備えて」

「質問は以上です」検察官は言った。

今度は静けさのなかで、勢いが切り替わったのが感じられた。ひとつの質問で、サルダーノはハラーが達成したものの多くを無効にすることができた。

「ハラー弁護士、ほかに質問はありますか？」判事が訊いた。

ハラーはためらい、判事に少し待ってほしいと頼んだ。ボッシュはメッセージで送れる質問を考えようとした。どんな質問もあの検察官にあらたな突破口を与えそうな気がした。急いでタイプし、打ち間違いを気にしなかった——


キットをあけるよう彼にいへ。

ボッシュはハラーが腕時計を確認するのを見た。判事もそれに気づいた。

「頼まれるまえにやめさせますよ、ハラー弁護士」判事は言った。「この証人の訊問が終わるまで午前中の休憩は取りません」

「わかりました、閣下」ハラーはそう言ってから、証人に関心を戻した。「モラレスさん、あなたのキットをもう一度ひらいて、両方のオキシメーターのありかをわれわれに見せていただけますか？」

モラレスは要求されたとおりにした。彼が陪審に見せたオキシメーターは、キットのなかのいちばん上のトレイに入っていた。そののち、そのトレイを持ち上げ、さらに深いところにある箱の中身をまさぐり、もう一個のオキシメーターを見つけると、それを掲げた。

「ありがとうございます、そのキットをもう閉めていただいてかまいません」ハラーは言った。

ハラーはモラレスがキットを閉めるまで待った。ボッシュのほうを見やり、かすかにうなずいた。勢いはまた切り替わろうとしていた。

「では、モラレスさん、予備のオキシメーターを持っているとさきほどおっしゃったとき、あなたは予備のそれはキットの底に保管されていることを話していたのですね。あなたのキットのいちばん上にあるトレイに現在入っている装置がたまたま、故障したり、電池切れを起こした場合に使用するために。そうですね？」

モラレスは自分が陪審にきわめて重要な情報を提供しようとしているのをはっきり心得ており、彼の忠誠心は州側にあった。彼はためらったのち、ハラーに望みのものを与えないようにする回答を紡ぎだそうとした。

「そうとは限りません」モラレスは言った。「状況に応じてわたしたちはどちらかを使えます」

「では、なぜひとつのオキシメーターはあなたの箱の最上部にあり、もうひとつはそのトレイの下、底の部分にあるんでしょう？」ハラーは問いかけた。

「それはたまたまわたしのキットの詰め方によるだけです」

「なるほど。では、仮定の質問をさせてください、モラレスさん――第三救助隊が出動要請を受けたとします。ファースト・ストリートで人が車にはねられました。あなたは出動します。救助対象者は道路に倒れ、出血し、意識を失っています。あなたの言葉を借りるなら、今際の際です。あなたはキットをあけます。あなたはいちばん上のトレイにあるオキシメーターを引っつかみますか、それともそのトレイを持ち上げ、底からもうひとつのオキシメーターをほじくりだしますか?」

まるでキューを出されたかのように、サルダーノが異議を唱え、ハラーがふたたび自分の証人を困らせている、と指摘した。ハラーは質問を取り下げたが、陪審がその答えを聞くには及ばないだろう、とわかっていた。常識が、モラレスは最上段のトレイにあるオキシメーターをひっつかむだろう、と告げており、彼が致命傷を負ったモンゴメリー判事の処置をしているときも同様のことをしただろう、と告げていた。

「質問は以上です」ハラーは言った。

サルダーノは反対尋問権を留保した。これ以上、オキシメーターに執着したくなかったからだ。判事はハラーに証人は以上ですか、と訊ねた。

「いえ、閣下、最後の証人がおります」ハラーは言った。「弁護側はクリスティン・シュミット博士を証人として呼びます」

「けっこうでしょう」ファルコーネは言った。「ここで午前中の休憩にし、そのあと、あなたの最後の証人の証言をうかがうとしましょう。陪審員のみなさん、手洗いを使い、コーヒーを飲む時間です。ですが、十五分後に集会室に戻り、用意を整えてください。ありがとうございます」

判事は陪審員たちが立ち上がって、陪審席の端にある扉から一列で出ていくあいだ、法壇を離れるそぶりを示さなかった。これは法廷が休廷になるのではなく、ファルコーネは、陪審員たちが出ていったあと、弁護人たちにさらに話があるということを意味していた。

最後の陪審員が集会室の扉を通るまで待ってから、判事は口をひらいた。

「いいでしょう、陪審はもういませんが、わたしたちは記録が取られている状態です」判事は話しだした。「わたしはここにいる弁護人たちになにをすべきか話したくはありません。ですが、もしミズ・サルダーノとハラー弁護士が、判事室にてわたしと一緒に、本件を先に進めることの実現性について話し合うのは、休憩時間の賢明な利用方法だとわたしには思えます。それになにか異議はありますか？」

「ありません、閣下」ハラーはすぐさま返事をした。

「ありません、閣下」サルダーノはためらいがちにおなじ答えを返した。

19

弁護人たちが判事室に縦に並んで入っていったあとで、ボッシュは廊下に出た。クリスティン・シュミットが廊下のベンチに座り、証言のため呼ばれるのを待っていた。証人は裁判のほかの証言を聞いてはならないので、彼女はモラレスがいましがたおこなった証言や、それが本件にもたらした激しい変化を知らなかった。ボッシュは廊下を横断して、シュミットに話しかけ、弁護人たちは判事と打合せをしており、そのあとであなたには証言していただくことになるだろう、と単純に説明した。

そののち、幅の広い廊下を横断して引き返し、バラードが待っている別のベンチに近づいた。ボッシュが腰を下ろすと、バラードはふたりのあいだに自分のバックパックを置いた。

「で、あそこでまさにいまなにが起こってるの?」バラードは訊いた。

「ハラーが無罪の指示評決を手に入れたんだと思う」ボッシュは言った。「少なくとも、それが判事室で話されていることだと賭けてもいい」

「あの証言。彼はDNAの証拠を叩き潰したの？」

「どのようにして被告のDNAが判事の爪の下にまぎれこんだのかを説明する方法を提示したというようなものだ。移動したんだ」

ボッシュはシュミット博士が座っている廊下の向かいのベンチをうなずいて示した。

「あそこに座っているのがハラーのDNA専門証人だ」ボッシュは言った。「彼女は接触DNAについて、DNAが移動したことを次に話すためやってきた。ハーシュタットのDNAがモンゴメリー判事の爪の下で見つかっている。一本の指の爪に。オキシメーターがそのDNAを移した可能性がある。そこには合理的疑いが存在している。ストレートな無罪評決が得られなくとも、評決不成立になるだろう」

「だけど、待って」バラードは言った。「あいつの自供はどうなるの？　あの男は犯行を認めたのよ」

「ハラーはそれをきのう吹き飛ばしたよ。ハーシュタットは統合失調症を患っているんだ。彼の主治医は、証言席で、ハーシュタットが一種の精神障害を負っていて、ストレスがかかっている状態だとなんでも認めてしまいがちになる、と証言した。どんなことにもイエスと言ってしまうんだ。公園で判事を殺害したことを含めて。ハラーはこの裁判に勝利を収めたと思う。あの判事もそう思っているだろう。判事室で彼らが話をしているのは、そういうことのはずだ」

「そしてあなたがその材料を全部彼に渡したわけ？」

ボッシュには不信の念を抱いているかのように聞こえる口調でバラードは言った。あたかもボッシュがやったことが、弁護側の悪だくみの一部であったかのように。ボッシュは腹が立った。

「おれは彼に事実を渡した」ボッシュは言った。「ごまかしはいっさいない。法廷で彼が明らかにしたのは実際に起こったことだと思う。ハーシュタットはあの事件をやってはいないんだ」

「ごめん」バラードはあわてて謝った。「そういうつもりじゃなかったの……わたしはモンゴメリー判事が好きだったんだ。まえにも言ったと思うけど」

「おれも彼が好きだった。おれはただ真犯人が判事を殺した罪に問われるようにしたい、それだけだ」

「もちろん。もちろん。わたしたちみんなそう願っている」

ボッシュはそれ以上この件を追及しなかった。まだなにかの責任があるとして不当に非難された憤りを感じていた。振り返り、廊下の先を見ると、人々が法廷に出入りしているのが見えた。ベンチで待機したり、司法の回廊をそぞろ歩いていたりしている。モンゴメリー事件の陪審員の一部が洗面所から戻ってくるのを目にした。

「で、きみはなぜここにいるんだ？」やがてボッシュは訊いた。「けさ、銃弾に関して、なにかつかんだのかい？」

「実を言うと、つかんでいない」バラードは言った。

彼女の口調が変化した。裁判に関してこちらの機嫌を損ねたため、バラードは話題の変化を歓迎しているのだろう、とボッシュは思った。

「データバンクには、ヒルトンを撃った銃弾や薬莢と合致するものはなにもなかった」バラードはつづけた。「だけど、少なくともその銃弾の情報は登録したので、なにか加わる情報があったら、わかるわ」

「とても残念な結果だな」ボッシュは言った。「だけど、見こみの薄い賭けだとはわかっていた。次はなんだい？　リアルトか？」

「エルヴィン・キッドに関して知れば知るほど、答えはそこにあるという気がますますしてきたの」

「なにを見つけたんだ？」

バラードはバックパックを引き寄せ、ノートパソコンを取りだした。それをひらき、ひとりの黒人男性が正面を見ているのと右を向いているのとが隣り合って並べられた顔写真《マグショット》を表示させた。

「これは一九八九年に撮影されたコルコラン刑務所にいたときのキッドのマグショット。その年、キッドとジョン・ヒルトンはふたりともそこにいた。次にこれを見て」

バラードはバックパックからヒルトンの手帳を取りだした。ある特定のページをひらいて、ボッシュに手渡す。ボッシュはそのページに描かれた絵とマグショットに写っている男を見比べた。

「一致している」ボッシュは言った。

「ふたりはコルコランで知り合った」バラードは言った。「ふたりは恋人同士だったと思う。そしてふたりとも仮釈放を認められ、LAに戻ってきたとき、キッドにとって問題が生じた。彼はクリップ団の幹部だった。少しでも同性愛者の挙動を示せば、命取りになりかねない」

「たしかにそうだろうな。キッドが同性愛者だと突きとめたのか？」

「現時点では突きとめていない。たんなる推測にすぎない。手帳に描かれた絵にはなにかがあるの……それから麻薬中毒の件や、供述での両親の冷たさ。まだ調べている途中。どうして――あなたはなにを知ってるの？」

「おれはその件についてなにも知らない。だが、ジョン・ジャックとおれが何件かの同性愛者がらみの殺人事件を調べたことがあるのを覚えている。ジョン・ジャックはそうした事件には意欲的だったためしがなかった。それは彼のひとつの傷だった。被害者が同性愛者だった場合、炎を燃やすことができなかったんだ。ある事件を覚えている――行きずりの関係がまずい事態になったんだ。年配の男がウェスト・ハリウッドで若い男を引っかけ、アウトポストの外れの丘陵にある自分の家に連れ帰った。若者は強盗を働き、ベルトで相手を殴り殺したんだ。でかいロデオ用バックルのついたベルトだった。ひどい現場だった。で、ジョン・ジャックがあることを口にしたんだが、それがおれは気になってしかたなかった。『ときには、人は自業自得の目に遭うことがある』とジョン・ジャックは言った。そういう考えがつねに間違っているとは言っていない――そう思うような事件を担当したこともある。だが、その事件では、その考えは間違っていた」

「だれもが価値がある。さもなければだれも価値がない」

「そのとおりだ」

「で、また、わたしたちはなぜジョン・ジャックがあの殺人事件調書を盗んだのかという問題にぶつかってしまう。彼が同性愛者を憎んでおり、事件を解決させたくなかったから?」

「それは極端な考えにすぎると思う。まだそんな結論を下せる段階には至っていない」

「あるいはそうではないのかも」

ふたりは少しのあいだ黙って座っていた。さらなる陪審員が集会室に戻ってきつつあった。ボッシュは自分が法廷に戻らねばならないとわかった。なんらかの義務よりも、なにが起こるのかという好奇心からあの場にいたかった。

「あの事件に関して、トンプスンがなにをしたのか、あるいはなにをしなかったのかは重要じゃない」ボッシュは言った。「あるいはハンターとタリスがなにをし、なにをしなかったかは」

「それでもわたしたちは事件を解決するつもり」バラードが言った。

ボッシュはうなずいた。

「おれたちはそのつもりだ」ボッシュは言った。

ボッシュは立ち上がり、バラードを見下ろした。

「おれはあそこに戻らなきゃならない。きみはリアルトにいくつもりだな?」

「いいえ。ウェスト・ハリウッドにいく。ヒルトンの昔のルームメイトに会いにいき、この件のなにかを確認できるかどうか確かめてみる」

「進展状況を教えてくれ」

20

ボッシュが法廷に入ると、最後の数名の陪審員が陪審席に戻ろうとしており、判事は背もたれの高い椅子を回転させ、話すときに陪審団をまっすぐ見られるようにしていた。ボッシュは傍聴席の最後列のなじみの席に腰を滑りこませた。ハラーとサルダーノがそれぞれの席につき、まっすぐ正面を向いていたので、なにが起きているのか、ふたりの表情から読みとることはできなかった。判事が審理をはじめようとしたちょうどそのとき、法廷扉がひらき、本件のロス市警捜査責任者の刑事、ジェリー・ガスタフスンが急いで入ってきて、中央通路を進み、検察側テーブルのまうしろにある傍聴席の最前列に座った。ボッシュがこの審理に出席した何日かのあいだ、ガスタフスンは法廷にいたり、いなかったりした。

「紳士淑女のみなさん」ファルコーネが話しはじめた。「まず最初に、本件へのみなさんの公務に感謝を申し上げます。陪審義務は時間がかかり、困難で、ときには心に傷を負わせるものでもありえます。みなさん全員、この十日間は戦士でありました。わたしとカリフォルニア州はみなさんを称賛し、お礼を申し上げるものです。

しかしながら、ある変化があり、本件は終わりを迎えることになりました。地区検事局は、ハーシュタット氏に対するすべての訴えを取り下げ、今回は本件をこれ以上追及しないことを選択しました」

少数の傍聴者や記者たちの列がこのニュースに反応し、囁き合うことで当然生まれるざわめきが法廷で起こった。ボッシュはハラーの背中を見つめた。弁護士は動かず、依頼人に対して腕や肩をポンポンと叩くような動きも示さなかった。勝利を態度で示す動きをしていない。

ボッシュは、法廷の手すりに両腕をかけて、身を乗りだしていたガスタフスンが、教会でひざまずき、神に奇蹟《きせき》を祈るかのようにがっくりうなだれるのを見た。

だが、ボッシュを混乱させているのは、判事の最後の言葉だった——**今回は**。それはどういう意味だろう？　このときをもってすべての訴えを取り下げるというのは、無罪判決と同等のものである、と判事同様、自信をもってボッシュはわかっていた。控訴はない。カリフォルニア州では、裁判は陪審が選ばれた瞬間に成立したものとみなされる。この裁判後にハーシュタットを追及すれば、一事不再理の原則を侵害することになるだろう。ボッシュは疑いを持っていなかった——ジェフリー・ハーシュタットに対する裁判は、終わったのだ。

不明瞭な説明につづいて、判事はもう一度陪審員に礼を述べ、彼らに集会室に戻って待機するよう頼んだ。検察チームが陪審員たちに話したいことがあります、と判事は言った。サルダーノが評決での彼らの立場を確かめるため、彼らに話を聞きたがっているのだろう、とボッシュは推測した。その会話は、起訴を取り下げるというのが致命的なミスだったのかどうかをサルダーノに告げるかもしれない。正しい選択をしたことを確認できる可能性もあった。

ファルコーネは閉廷し、法壇を離れた。ハラーは判事退出のため立っており、やがて振り返って、最後列にいるボッシュを見た。ハラーはほほ笑みを浮かべ、ボッシュに向かって指を一本突きだしてから、それが想像上の銃口であるかのように息を吹きかけた。ようやくハラーは手を伸ばし、座っている依頼人の肩を強く握り締めた。屈《かが》んで、依頼人の耳元に囁きかけはじめる。

サルダーノとサブの検察官が検察側テーブルから立ち上がり、陪審集会室の扉に向かいはじめた。ガスタフスンも立ち上がると、法廷の出入り口に通じる通路を歩きだした。立ち止まり、ボッシュを見る。何年もまえ、ふたりは強盗殺人課の巨大な刑事部屋でいっしょに働いていたが、おたがいをよく知らなかった。

「嬉しいか、ボッシュ？」

「正確にはなにがあったんだ？」

「サルダーノは自分の負けなし記録に土をつけないよう、訴えを取り下げたんだ。ハーシュタットは自由の身になり、なにが起ころうと、おまえのせいだからな、クソ野郎。おまえがハラーのためにこれを手伝ったのは知ってるぞ」

「まだ彼がやったと思っているんだ」

「クソッタレが。あいつがやったとおれにはわかるし、おまえもわかっているくせに」

「ほかの五人はどうなんだ、ガスタフスン？」

「なんの五人だ？」

「われわれは開示された殺人事件調書を持っている。おまえとおまえのパートナーのふたり、おまえたちはモンゴメリーが死んだら嬉しく思うはずのほかの五人をつかんでいたのに、ハーシュタットにDNA証拠が出てきたら、その調べをやめてしまった。連中の調べに戻るつもりか？」

ガスタフスンはハラーがまだハーシュタットの耳元で囁いている部屋の前方を指さ

した。

「あそこに殺人犯がいるんだ、ボッシュ。ほかのだれの調べにも戻る必要はない。あいつなんだ。おれたちがやつをつかまえた。なのに、おまえがそれを台無しにした。いい仕事だよ。誇りに思うがいい。おまえがバッジを持っていままで築き上げた成果は全部台無しになったな」

「じゃあ、ノーなんだな？」

「ボッシュ、おれに関するかぎり、この事件はＣＢＡだ。そして、それはおまえのせいだ」

ガスタフスンは法廷から出ていった。

ボッシュは怒りで顔を火照らせながら座ったままでいた。ボッシュが冷静になろうとしている間、ハラーは依頼人との話を終え、廷吏の保安官補にハーシュタットを裁判所内の留置場へ連れ戻してもらった。そこで手続きを済まして、ハーシュタットは釈放されることになる。ハラーは手早くファイルと法律用箋をまとめ、ブリーフケースに仕舞った。ふたつの真鍮《しんちゅう》製の錠をパチンと音を鳴らして締め、手すりの横を通り抜けた。そこには四人の記者がハラーを待っていた。次々と話しかけながら、記者たちは判事室でいましがたいったいなにが起こったかに関する質問をハラーに投げつけた。

ハラーは廊下で質問に答えよう、と彼らに言った。記者たちを法廷の外へ連れだしながら、ハラーは最後方の列を通りすぎしなに、ボッシュにウインクした。それからボッシュは立ち上がり、彼らを追って扉を出た。ハラーは廊下のまんなかに陣取り、記者たちは半円を描いて彼を囲んだ。ボッシュはその半円の外だが、そのなかで言われていることが聞こえるくらいそばに立った。

記者たちはおなじ質問のバリエーションを叫びはじめた。

「わかった、わかりました、そちらから話すんじゃなくて、わたしの話を聞いてください。わたしから説明します」ハラーは言った。法廷での勝利で舞い上がっているような口調になっていた。

ハラーは記者たちが静まるのを待ってから先をつづけた。

「オーケイ、いいですか？」ハラーは言った。「陪審に提示された証拠について、合理的疑いが及ばないものに直面し、州政府は、本日、正道を進み、わたしの依頼人に対する根拠の薄い訴えを取り下げました。ハーシュタット氏は、目下、拘禁を解かれる手続きを取っているところで、まもなく自由の身になるでしょう」

「ですが、この裁判は、有罪が絶対確実《スラムダンク》なものとしてはじまりました」タイムズの記者としてボッシュが知っている男が言った。「自供があり、ＤＮＡが一致していました。なにがあったんです？」

ハラーは両腕を広げ、ほほ笑みを浮かべた。

「なにを話せばいいんでしょう？　手頃な料金《リーズナブル・フィー》で合理的疑い《リーズナブル・ダウト》とでも」ハラーは言った。「ここで起こったことは、彼らが自分たちの宿題をやらなかったということです。自供はインチキでした——あの自供は、もし訊ねられたらブラック・ダリアを殺したと自供してしまうであろう人間から出たものでした。そしてＤＮＡ一致に関しては、完璧に合理的な説明がありました。判事はそれを見て、この訴訟が羽根のない鴨《かも》だとわかり、検察にそれを告げたのです。ミズ・サルダーノは上司に連絡を取り、合理的な精神が勝りました。彼女は賢明な検察官ならだれでもおこなうであろうことをおこなったのです——彼女はテントを畳みました」

「では、この訴えは棄却されたんですか？」別の記者が訊いた。

「地区検事局が取り下げたんです」ハラーは言った。「彼らはすべての起訴内容を取り下げました」

「では、検察がまだ再起訴できるという意味ですね」三番めの記者が訊いた。

「いいえ」ハラーは言った。「本件はすでに陪審審理までいきました。ふたたびわたしの依頼人を起訴するのは、彼を二重の危険にさらすことになります。本件は終わりました、みなさん。そして本日、無実の人間が無実を証明されたんです」

「本件を取り下げる承認を得るため、サルダーノはだれに連絡したんですか？」タイムズの記者が訊いた。

「わかりません」ハラーは言った。「彼女は判事室から出て、その電話をかけにいきました。彼女に訊いてもらわないと」

「あなたの依頼人はどうなるんです？」タイムズの記者が訊いた。

「彼は自由の身です」ハラーは言った。「彼が住む場所を手に入れられるかどうか、治療に戻れるかどうか、確かめるつもりです。彼の出費を賄うための支援《ゴー・ファンド・ミー》サイトの開設をすることを考えています。彼には家もなく、お金もないんです。七ヵ月間も拘置されていたんですよ」

「市と郡に賠償を求めるつもりですか？」ある記者が訊いた。

「そうするかもしれません」ハラーは言った。「償いはなされなくてはならないと考えます。ですが、それは機会を改めて検討すべき問題です。みなさんありがとう。まちがえないでください、ハラーのスペルはエルがふたつつづきます。正しく書いてください」

ハラーは半円から一歩退き、エレベーターの方向を片方の腕で指し示すと、記者たちを解散させようとした。タイムズの記者はハラーのかたわらを通り過ぎる際、ハラーに名刺を手渡し、ボッシュには聞こえない低い声でなにかを告げた。ハラーは彼女の名刺を受け取ると、スーツの上着の胸ポケットの、赤白青のポケットチーフの背後にそれを滑りこませた。そののち、ボッシュのほうへぶらぶらと近づいてきた。その顔の永遠の特徴であるかのようなほほ笑みを浮かべている。

「こんな日はあまり経験したことがないだろ、ハリー」

「きみにとっても多くないだろう。実際には判事室でなにがあったんだ?」

「いま連中に話したことと大差はない。ただし、陪審が合理的な疑いを超えて有罪評決を出せるはずがないと思える、と判事がサルダーノに話した箇所は抜いておいた。審理を継続し、DNA専門家の証言と、そのあとのおれの非常に説得力の高い棄却動議を聞くという選択肢を判事は彼女に与えた。そのとき、サルダーノは部屋を出て、上層部に電話をかけたんだ。残りはいまいったようなことだ。ひょっとしたら、いま、連中はこの事件の真犯人をつかまえに出ていったのかもしれない」

「どうかな。ガスタフスンはいまもきみの依頼人があいう行動をとったと考えているぞ。わざわざおれにそれを言うため、立ち止まったほどだ」

「プライドが傷ついたんだ、それだけさ。つまり、ほかになにをあいつは言える？」

「ああ、だけど、わからないか？　あいつは真の殺人犯をつかまえるつもりがないんだ。手を引くと本人が言っていた。ＣＢＡだとさ——事件は終わった」

「どういう意味だ？」

「逮捕によって解決《クリアード・バイ・アレスト》した。これ以上の捜査はないという意味だ。実行犯がだれであれ、まだ世間を出歩いているというのに」

「だが、それはわれわれの問題じゃないだろ？　われわれはハーシュタットのために働き、ハーシュタットは自由の身だ」

「たしかにきみの問題じゃないだろうな」

ハラーはボッシュをしばらくじっと見てから、返事をした。

「あんたは自分がやらなきゃならないことをやるんだろうな」

ボッシュはうなずいた。

「開示されたファイルと殺人事件調書のコピーに取り組んでみるつもりだ」

「なるほど。好きにやるといい。まえに話した別件についてはすぐに連絡するよ。医療関係の件だ」

「おれはそのへんにいる」

BALLARD

21

バラードは肩甲骨のあいだに深い痛みと、左足にピンや針で刺されるような痛みを覚えて目を覚ました。うめきながらテントのなかで上半身を起こすと、ローラがバラードの片足に十六キロの全体重をかけて眠ることにしていたのに気づいた。バラードは足を抜き、飼い犬を起こした。裏切られた思いを目に浮かべて、ローラは飼い主を見た。

「足に血が通わなくなってるよ」バラードは言った。

焼けるような感覚が引きはじめるまでマッサージをして、足首を動かす。いったん足の機能が恢復すると、肩をまわしはじめ、背中の筋肉を緩めようとした。寝るまえにバラードはボードで海に乗りだし、入江の岩でできた突堤までパドリングして進み、帰りはマリブ・ビーチの方から吹いてくる強風と戦ったのだった。

ローラの目は期待をこめたものになっており、バラードはそのメッセージを読み取った。

「ちょっとだけだよ、ローラ。仕事があるんだ」

バラードは膝立ちになってテントから這いだし、あたりを見まわした。ビーチには人けがなかった。アーロンは監視塔にいて、背中をひどく丸めているので、頭のてっぺんしか見えなかった。バラードが砂の上に置いていたリードを手に取ると、ローラは金属製の留め金がチャラチャラ鳴る音を耳にした。雌犬はテントから飛びだし、バラードの脚のあいだを強引にすり抜け、飼い主のまえでお座りの姿勢を取った。肩越しにバラードを振り返り、首輪にリードをつけられるのに備えた。

「そんなにせかさないで。ほんの少しだけだよ」

バラードはテントの外に放りだしていたサンダルをつっかけた。犬と飼い主は遊歩道に向かって歩いていった。そこはローラが散歩して、世界を観察するのを好む場所だった。バラードはさきほど南に向かってパドリングしたので、北に向かって歩くことに決めた。ローズ・アヴェニューまで歩いていくと、まわれ右した。ローラはリードを強く引っ張って引き返すのに抵抗したが、失敗に終わった。

三十分後、バラードは出かける用意が整った。午後四時近くになっており、東へ向かう車の混雑がピークを迎えるまえに市内に戻りたかった。ヴァンのところにいき、ローラの缶詰をあけ、駐車場の地面に置いた鉢に中身を入れた。飼い犬が餌を食べているあいだにバラードはヴァンのハンギングバーにかけた仕事着にざっと目を通し、今夜着ていく清潔なスーツがあるのを確認した。

ローラを夜間ペットケア施設に預けてから、バラードはフリーウェイを避け、下道を通ってハリウッドに向かった。午後五時三十分にハリウッドに到着し、分署の駐車場に車を停めると、ロッカー室で着替え、また駐車場に戻って、小型刑事車両に乗り換えた。そののち、ウェスト・ハリウッドまで車を走らせ、ジョン・ヒルトンが殺された時期にルームメイトだったネイサン・ブラジルの自宅と思っている共同住宅のまえをゆっくり通った。

ウィロビー・アヴェニューに駐車場所を見つけ、歩いてその共同住宅に戻った。防犯ゲートはなかった。その建物が人気の住所ではないことを示すあらたな指標だった。バラードは直接214号室に向かい、ノックすることができた。ほぼ即座にドアがあけられた。あけたのは短くした黒髪ときちんと整えられたひげの男性だった。あらかじめコンピュータで引っ張りだしていた四年前の運転免許証に写っていた男と同一人物だとバラードには思えなかった。

バラードはベルトからバッジを外して、掲げた。

「ブラジルさん？」

「ええ、なんの用？」

「ロス市警のバラード刑事です。二、三、お訊きしたいことがあります」

「ふむ、どういうこと？　ここはウェスト・ハリウッドで、LAじゃない」

「ええ、ここがウェスト・ハリウッドだとわかっています。わたしはハリウッドでのジョン・ヒルトン殺害事件の捜査をしています。ずいぶん以前の事件だとわかっていますが、彼のことをあなたにうかがうつもりです。あなたといっしょに暮らしていたときの彼の生活について」

「あなたがなんの話をしているのかさっぱりわからないな。そんな名前の人間といっしょに住んでいたことは一度もないけど」

「あなたはネイサン・ブラジルでしょ？」

「いや、ちがう。あたしはデニス。ネイサンはあたしの夫——あの人のファミリーネームを名乗っているの。だけど、殺人事件なんてものをあの人はなにも知らないと思うよ。いったい——」

「彼はここにいますか？」

「いえ、仕事に出ている」

「仕事はどこで？」

デニスは慎重になりはじめた。

「あの人はレストランで働いている。だから、邪魔できないんじゃないかな――」

「まだ〈マトリックス〉で働いているんですか？」

〝どうしてそのことを知ってるの〞という驚きで相手の目が少し大きくなり、それを確かめられた。

「名刺を持ってる？」デニスは訊いた。「あの人から電話させるわ」

「あるいは、いまこの場でショートメッセージを送って、わたしがこれからそちらに向かうので、用意しておくように伝えていただくということもできますね。これは殺人事件の捜査なんです、ブラジルさん。人の都合に合わせて面会の約束をするようなことはありません。おわかりですか？」

「いまわかったと思う」

「けっこう。お邪魔しました」

バラードは車へ歩いて戻った。〈マトリックス〉はフローレス・ストリートの角にあり、歩いたほうが早かったかもしれないが、バラードは自分の権力を示す一助として、店の正面に小型車を停めたかった。ネイサン・ブラジルが自分の妻とおなじ態度を示すなら、州の権力を思い知らされるべきかもしれない。

バラードはレストランに至る三段の階段のまえの駐車禁止場所に車を停めた。最初の段にたどり着かぬうちに、ガラスのドアがあき、五十代半ばで、抜け毛との戦いに破れつつある男が外に足を踏みだし、両手を腰に当てた格好で最上段に有利な位置を取った。黒いジーンズとワイシャツ、黒いネクタイ、黒いエプロンといういでたちだった。

「警官ひとりにテーブル一卓をお望みかい？」

溶けたチーズのように言葉に皮肉が滴り落ちていた。

「ブラジルさん？」

「驚きだよ！　おれの通報に応えるのに三十年しかかからなかったとはな」

バラードは最上段で彼とおなじ高さに立った。

「通報とはなんでしょう？」

「おれは自分の友人について話したかったんだ。何度も電話をしたのに連中は一度も来てくれなかったし、一度も折り返しの電話はなかった。なぜならやつらはジョンなんて歯牙にもかけていなかったからだ」

バラードは、玄関ドアのそばにバー・テーブルの置かれたウエイティング・エリアがあり、そこで客たちが席の用意がされるのを待ちながら酒を飲んだり、集ったりできるようになっているのを見た。そこにはだれもいなかった。テーブルを待つには早すぎる時間だった。バラードはその場所を指し示した。

「あそこで内輪の話をできませんか?」

「ああ、だけど、早めに来た客がいて目が離せないんだ」

「問題ありません」

ふたりはウエイティング・エリアに移動し、ブラジルはレストランのガラス窓を通して、四人の男性客がいるテーブルを見られる位置を選んだ。

「いつからここで働いているんですか?」バラードは訊いた。

「ほぼ八年になる」ブラジルは答えた。「いい客、うまい料理。それに歩いて出勤できる」

「料理が美味《おい》しいのは知ってます。何度かここで食べたことがあるので」

「これは、ここでおれに愛想をふりまいてから事件はけっして解決しないだろう、と告げる場面かい?」

「いえ、そうじゃありません。わたしがその事件を解決するつもりである、という場面です」

「なるほど」

「いいですか、ネイサン、あなたに嘘をつくつもりはありません。長い時間が過ぎ去りました。ジョンの両親は亡くなり、もともとの刑事たちのひとりも亡くなっており、もうひとりの刑事はアイダホで引退暮らしを送っています。残されているのは――」

「あいつらはまったく関心を払わなかった。気にもしなかったんだ」

「それは彼らがあなたからの通報に返事をしなかったからですか？」

「それ以上さ、あんた。いまとは事情がまったく異なっているけれども、あの当時、麻薬中毒のプーフのためにあいつらは面倒な手続きを取るつもりがなかった。それがあのころの事情だった」

「同性愛の男性という意味ですか？」

「プーフ、ファグ、クイア――おれたちをなんとでも好きに呼ぶがいい。ロス市警は関心を払わなかった。いまでも払っていない」

「わたしにとっては被害者であり、それしか見ていません、よろしいですか？　この事件は見捨てられていましたが、また見つかったので、わたしが引き継ぎました。わたしがいま捜査にあたっています。ジョン・ヒルトンが何者であり、どんなライフスタイルを選択していたかは、わたしにはどうでもいいんです」

「ほら、それがおれの言わんとしているところだ。そこが問題なんだ。ライフスタイルじゃない。それに選択でもない。あんたは異性愛者だろ？」

「はい」

「それはライフスタイルの選択なのか、あるいはあんたはたんに異性愛者なのか？」

「言いたいことはわかりました。わたしのミスですし、あなたがおっしゃっていることを尊重します。わたしが言おうとしているのは、ジョンが何者であれ、なにをしたのであれ、わたしにはどうでもいいということです。ゲイであろうが麻薬中毒者であろうがその両方であろうが、彼の身に起こったことは起こってはならないことであり、わたしのまえの人たちがどうだったかは関係なく、わたしは関心を抱いているのです。よろしいですか？」

「わかった。だけど、テーブルをチェックしにいかないといけないんだ」

「ここで待ってます」

ブラジルはウエイティング・エリアを離れ、レストランのなかに入っていった。バラードは彼がマルガリータのあらたな注文を取り――いまは店のサービスタイムだった――その注文をレストラン奥のバーに伝えにいくのを見つめた。少ししてブラジルはバラードの元に戻ってきた。バラードは彼らが基本的なルールを定め、ブラジルは怒りを発散する機会を得たと感じた。これからは本題にはいる頃合いだった。

「オーケイ、では、あなたはジョンが殺されるまえにどれくらいいっしょに暮らしていたんですか？」

「謀殺されたんだ。おれは〝謀殺された〟というほうが気に入っている。なぜなら、あの事件はまさにそれだったからだ」

「おっしゃるとおりです。あれは謀殺でした。どれくらいの期間、いっしょに暮らしていたんでしょう？」

「十一ヵ月だ。ある意味で、ヤバい状況だったので覚えている。おれたちはノース・ハリウッドのボロアパートに住んでいて、賃貸契約の更新に署名する時期だった。おれたちのどちらも更新したくなかったんだが、ふたりともあまりにも面倒くさがりで、ほかの場所を探したり、クソみたいな荷物を動かしたりすることを考えられなかった。そしたら、あいつが謀殺され、おれはひとりでは家賃を払えなくなった。引っ越さざるをえなくなった」

「捜査記録によると、ジョンは、謀殺された夜、あなたが働いていた撮影スタジオにやってきたことになっています」

「ああ、アーチウェイだ。ゲートの警備をしているやつからあとでそのことを知らされた」

「そこへ彼がくるのは珍しいことだったんですか？」

「ある意味では。めったになかった」

そのことは殺人事件調書の時系列記録で目立った事柄のようにバラードには思えた——ヒルトンがブラジルの職場にいったのは、異例だった。ところが、いま本人から聞くと、どこかが違っているように聞こえた。

「最初の捜査で書かれたある報告書を読むと、ジョンはそんなことを以前にしたことは一度もない、とあなたが答えています」バラードは水を向けた。

「まず第一に、おれは自分を聴取している人間のことを知らなかったんだ」ブラジルは言った。「おれはそいつのことをヴァイタリス刑事と呼んでいた——ほら緑色の容器に入ったあのヘアトニックを覚えているだろ？　それにしばらくのあいだ——あいつらがおれのアリバイを確認するまで——連中はおれに罪を着せ、ホモ同士の犯罪にしようとしている、と思ったんだ。だから、おれはあいつにそんなことを言った」

「どれが嘘だったんです？」

「いや、嘘じゃない。だけど、それがすべてではないんだ、わかるだろ？　おれはクラフト・サービスの会社で働いていたんだ。ほら、食事やスナックなんか契約している製作会社が必要としているものを運んでいた。おれたちはスタジオにいるときもあれば、ロケ先の撮影現場に出ているときもあった。どこかのストリートにいたりして。それで、おれはいつもジョンにどこで仕事をしているのか伝え、あいつはそこに立ち寄り、おれはこっそりあいつに食べ物を融通してやったんだ、わかるだろ？　だから、それがあの日スタジオにあいつが来た理由だ。あいつは腹を空《す》かしていたんだ。金を持っていなかったはずで、なにか食べる物を欲しがった。だけど、アーチウエイの警備小屋でおれの名前を伝えてもうまくいきっこなかった。うちがあそこの現場にいくのははじめてだったので、警備員たちはおれのことをまったく知らなかった」

バラードはうなずいた。より詳しい話をつかむのはつねにいいことだったが、ときには知れば知るほど、ほかの情報との矛盾を見つけてしまうのだ。

「で、もし食べ物を買うお金をジョンが持っておらず、あなたのところにいこうとしたなら、あの路地にいって麻薬を買うお金をどうやって手に入れたのかしら？」

「わからない」ブラジルは言った。「なにか交換するものを持っていたのかもしれない。ひょっとしたら、なにかを盗んだのかも。ほら、あいつはその手のことをやっていたんだ」

バラードはうなずいた。それはありえた。

「おれにわかっているのは、もしおれを探しに来たのなら、それはあいつが金を持っていなかったからだ」ブラジルは言った。「バーにいかないと」

彼がその場を離れると、バラードは相手が戻ってきたときにこの事情聴取を別の方向に向けようと判断した。今回、ブラジルが飲み物を担当テーブルに運んで、料理の注文を取り、厨房《ちゅうぼう》に戻ってるあいだ、バラードはしばらく待たねばならなかった。

「あんたが気に入ったよ」戻ってくるとブラジルは言った。「あんたはヴァイタリス刑事とはまったくちがっている」

「あなたが言っているのは、タリス刑事よね？」バラードは言った。「わたしもあの人はやりにくいと思った」

「いや、そうじゃない。あいつの名前から取ったんじゃない。あいつは髪の毛を頭のサイドでびっちり分けていて、とてもベトベトして、動かなかったんだ。ヴァイタリスのにおいがした。うちの父親がずっと使っていた整髪料だったので知ってたんだ」

「その刑事の名前はハンターだった？」

「ああ、それだ。ハンターだ。当時、〈ザ・ハンター〉というバーが大通りにあったので覚えている。その店のスローガンは、『狩人《ハンター》が狩られる者に出会う場所』だった。とにかく、あいつはクソ野郎だった」

「彼は亡くなってる」

「まあ、あの当時でもおっさんだった」

「あなたとジョンは恋人同士だったの、それともたんなるルームメイト？」

「おや、ずいぶんプライベートな話をするじゃないか」

「仕事の一環。ごめんなさい」

「両方だった、とでも言えばいいかな。たいしたことじゃなかったが、ときどき、いろいろとあるもんさ」

「彼にはほかにだれかいた？」

「ああ、いた。あいつには手に入れがたい夢《ファンタジー》の相手がいたんだ。おれたちみんながそうだ」

「彼のファンタジーはだれ？」

「ジョンは刑務所に入ったんだ。あいつの親はいい弁護士をつけてくれず、あいつは懲役三年の刑をくらった。あいつはそこで自分を守ってくれただれかと恋に落ちた。だけど、刑務所のなかだけの関係だった。刑務所では必要とすることをやるが、外に出ると話はちがっているという連中がいるんだ。ゲイ好きからゲイ嫌いになる。しょっちゅう目にしている。自己否定だ」

「その相手の名前をジョンがあなたに話したことはある？」

「いや。つまり、話したとしてもおれは覚えていない。もう終わったことだから、どうでもよかったんだ。あいつの恋人は出所し、ストレートの暮らしに戻った」

「だけど、ジョンはそのファンタジーに執着していた？」

「ああ、夢だからな。座って、そいつの絵を描いていたよ」

「絵？」

「そいつは刑務所でジョニーのためにポーズを取ったりなんかしていたんだ。ジョニーはとても上手な絵描きだった。あいつの得意技だった。あいつはしょっちゅう絵を描いていた。ナプキンや紙切れやなんにでも。刑務所にいたときから絵を描くのに使っていた手帳があった」

「その話を少しでもヴァイタリス刑事にしたことはある？」

「いや、最初の聴取のあと一度も連絡してこなかったよ。おれが容疑者として役に立たなくなったら、それ以外でも無用の存在になったんだ」

「あなたが彼に連絡を取ろうとしていたのは、そのこと？　刑務所にいた男の話をしようとして？」

「いや、あいつに当時のおれの上司に連絡してもらい、おれが容疑者じゃないと言ってもらいたかったんだ。あいつがみんなに話したことのせいでおれは首になったんだ——ときどきおれがジョニーに食べ物を渡していたことを。あの刑事がみんなに話したせいで、おれは首になった。みんなはおれが容疑者だと思ったんだ。それは公平なことじゃなかった」

バラードはうなずくことしかできなかった。いまの話をバラードは少しも疑わなかった。ハンターとタリスは不完全な捜査に基づいて不完全な殺人事件調書をまとめた。彼らは真実から遠ざけられ、あるいは、自分たち自身で遠ざかった。どちらにせよ、彼らがほかの被害者や傷ついた者たちを捜査の過程で置き去りにしたのは驚きではない。

「あいつらみたいになるなよ」ブラジルは言った。

「わたしはちがうよ」バラードは答えた。

22

バラードはシフトのはじまりより早めに分署に到着し、一日のこんな遅い時間には見たことがないほど混み合っている刑事部屋に入っていった。昼間担当の刑事が何人もそれぞれの机にいて、電話やコンピュータで仕事をしていた。なにかが起こったのだ。バラードは、上司のマカダムズ警部補がひとりの刑事のそばに立ち、彼がキーボードを叩いているのを肩越しに見つめているのを見た。

バラードは近づいていった。

「警部補、なにが起こってるんです？」

マカダムズは振り向いた。

「バラード、こんな早くになにをしてる？」

「早めにはじめるつもりでした。やり残している書類仕事があるので、点呼までにそれを片づけたかったんです。そのあとなにが起こるかしれたものではないので」

「なんの書類だ？」

「ああ、こないだの夜のカリカリに焼けた被害者のフォローアップ書類です。消防局の放火班がわたしの撮影した写真を欲しがっていたんです。ですが、先方は報告書をぜんぜん送ってこない。それでそれを送るよう頼んで、身元を確認できたかどうか確かめてみるつもりです。ここではなにが起こってるんです？」

「サンセット大通りにある〈イン・アンド・アウト・バーガー〉で集金に来た現金輸送車を強奪しようと決めたどこぞの田舎者が出た。そのクソ野郎は輸送車を強奪したはいいが、駐車場から出られないと気づいた。ドライブスルーに並んでいる車の列が駐車場の出入り口で渋滞していたからだ。そいつは車を置き去りにし、ホウソーン・アヴェニューまで北に向かって走っていき、UPSのトラックを奪い取ろうとした。運転手が荷物とともにうしろの荷台にいるのを気づかずにな。トラックは発進し、荷台にいた運転手は男に不意打ちを食らわせた。ふたりはステアリングホイールを巡って争い、トラックは停まっていた三台の車に追突した」

「ワウ」

「話はまだ終わってない。すると、犯人はトラックから飛び降り、また逃走をはじめた。だが、今度はUPSの運転手と、停まっていた車に乗っていたひとりが男を追跡した。男はまたしても北に向かい、ハリウッド大通りを横断しようとして、TMZセレブリティ・ツアーバスに轢《ひ》かれた。この事件でどれだけたくさんの書類が発生したか、わかるか、バラード？　わたしは四人に残業させ、ウィルシャー分署からふたりを借りてきた。だから、きみのカリカリの焼死体の件でグリーニーを要求する予定じゃないことを願っているんだ、いいな？」

グリーニーというのは残業申請カードのことだった。

「いいえ、警部補。残業は申請しません」

「けっこう。この事件は残業予算を超えさせ、うちの人員配置予定を破ろうとしているのに、まだ予算の締めまで八日も残っているんだからな」

「心配しないでください。その件でわたしが手を貸す必要がありますか？」

その事件に関わりたくはなかったけれど、そう申し出ざるをえないとバラードは感じた。

「いや、人は足りている」マカダムズは言った。「自分のカリカリの焼死体とほかになんであれ今夜持ち上がる事態に対処してくれればいい。ところで、新しいパートナーに関してはなんの進展もないが、ウィルシャー分署のディーン警部が、ひきつづき、きみがオフの夜のハリウッド分署の刑事業務代行は続けられると言ってる」

「すばらしい」バラードは言った。「でも、ひとりで働いているのは気にしていませんよ、警部補。わたしが必要とするときはパトロール隊にバックアップしてもらってます」

バラードは方向を変え、使える机を探した。最近使っていた机は、昼の時間帯のオーナーに目下使われていた。ほかの刑事たちの活動からもっとも離れている場所を見つけ、腰を下ろすと仕事に取りかかった。

バラードは、マカダムズが彼女にパートナーをつけようと努めていると言っていたことにどう感じているのか、自分でもはっきりしていなかった。最後のパートナーは四ヵ月まえに引退し、そのまえから近親者喪失休暇を延長して仕事に出てきていなかった。合計すると、バラードはすでに七ヵ月間、ひとりで働いていた。この仕事は七晩をふたりの刑事で分割することになっているのだが、ここ数ヵ月はバラードひとりだけで働くという異なった形になっていた。まさしく恐怖でしかない瞬間もあったが、たいていの場合、パートナーといっしょにいなければならなかったり、自分がやろうとする行動をいちいちパートナーに報告しなければならなかったりするよりも、ずっといいと思っていた。当直指揮官が自分にゆるい紐しかつけていないのも好ましかった。正式な直属の上司であるマカダムズは、バラードがなにをしようとしているのかまったくわかっていなかった。

マカダムズに口から適当に発したカリカリの焼死体の話には、真実も一部含まれていることにバラードは気づいた。コール・アヴェニューのテントのなかで死んだ男に関して、消防局放火班から報告書は届いていなかった。それがないとバラード自身の報告書を完成できなかった。

バックパックの底にヌチオの名刺が見つかり、バラードはデスクトップ・コンピュータで自分のロス市警メールアカウントをひらいた。文章を考え、ヌチオに、被害者の身元と正式な死因、それにホームレス男性の近親者が突き止められ、彼の死の通告がおこなわれたかどうかを含めた、関連する詳細について訊ねるメッセージを送った。少なくとも翌日の就労時間までヌチオから連絡があるとは期待していなかった。放火班の人間は出動要請があったり、事件を追ったりしていないかぎり、九時から五時までの勤務だとバラードは知っていた。

だが、メールを送った一分後に携帯電話が鳴った。

「バラード、ヌチオだ」

「いまさっき電子メールを送ったところ。必要なのは──」

「読んだ。だから電話しているんだ。あんたは降りていいぞ。強盗殺人課が引き受けた」

「待って、どういうこと？」

「うちは結局、不審死と判断したので、それが決まった手順だ。強盗殺人課が担当する」

「あの死亡事故のどこが不審だったの？」

「二、三点ある。まず第一に、信じようと信じまいと、死んだ男はかなりの資産を持っていたんだ。サンディエゴの資産家一族の出身だ。それでこの件の焦点が絞られていく」

「彼の名前は？　何者なの？」

「名前はエディスン・バンクス・ジュニアで、父親はサンディエゴで造船所かなにかを持っており、海軍との契約で金持ちになった。父親は去年亡くなっており、テントのなかの息子は多額の財産を相続したんだが、たぶんそのことを知らなかったんだろう。五年まえ、父親は息子の放蕩《ほうとう》にうんざりして、現金で一万ドルを渡すと、家から叩きだした。そのとき息子は二十歳だった。その後、家族は彼の消息をいっさい聞いていなかった。たぶん、その金を使い尽くしてしまい、それ以降、路上で生活するようになったんだろう。弟がひとりおり、いまやそいつが全部の金を手に入れている」

「で、そのことがこの件を不審なものにしたと言ってるわけ？」

「いや、そのことでこの件に関するすべての箱を確認してみたくなったと言ってるんだ。そしてそうしていると、不審が生じた」

「どのように？」

「ふたつある。ひとつは検屍解剖だ。血中アルコール濃度測定では、異常な数値を示した。血中アルコール濃度は、〇・三六パーセントだった。これは酒酔い運転にならない上限値の三倍ほどだ」

「むしろ四倍に近いわ。だけど、彼は運転していなかったのよ、ヌチオ」

「わかってる。だけど、解剖によれば、このガキは身長百七十三センチ、体重六十三キロだった。それだけ大量に酒を飲んでいたら、運転やほかのどんなこともできなかっただろう。おそらく昏倒《こんとう》していただろう」

バラードはヌチオに、血中アルコール濃度は、体の大きさや体重で変わったりしないと講釈するつもりはなかった。

「どれだけ酔っ払っていたにせよ、寝ているあいだに灯油ヒーターを蹴ってしまう可能性はあったはずよ」バラードは言った。

「そうかもしれない」ヌチオは言った。「ただし、われわれはヒーターも調べたんだ。もし装置が四十五度以上傾いたら、フロート弁が炎への燃料供給を遮断する機構になっていた。安全装置だ。つまり、蹴り倒したら、実際には火は消えるんだ。火事は起こらない」

「そのテストはしてみたの？」

「複数回おこなった。灯油は漏れなかった。灯油をこぼす唯一の方法は、キャップを外して、ヒーターを横に倒すことだ。だけど、キャップは締まっていた。だから、不審なんだ。テントのなかのこの男は、意識を失っていた。なんらかの理由で何者かがテントに忍びこみ、キャップを外し、灯油をこぼし、またキャップを締め直して、出ていった。それからマッチに火をつけ、テントに放り投げ、**ボンッ**。あわれな男はなにが自分に降りかかったのかけっしてわからなかっただろう。それが唯一説明のつく方法であり、考え合わせて、不審という結論に達した。強盗殺人課が決まった手順に則って、捜査を引き継いだ」

バラードは押し黙り、ヌチオがいま説明した内容をよく考えた。その内容を心のなかで映画のように思い描いた。

「強盗殺人課のだれが担当してるの？」ようやくバラードは訊いた。

「知らないな」ヌチオは言った。「この件でオリバス警部と話した。あした八時に大きな会議がある。そのときにオリバスがだれに担当させるのかわかるだろう」

もちろん、オリバスが担当するだろう。強盗殺人課は大事件を担当する。バラードはかつてそこの課のなかの班員だった。オリバスに対して身を守ろうとしてそこでの仕事を失うまで。

「わかった、ヌチオ、あしたそこで会いましょう」バラードは言った。

「なんだって？」ヌチオは言った。「だめだ。これは情報提供だけだ。あんたの事件じゃないんだ、バラード。強盗殺人課が担当する。それにどこで会議があるのか知りもしないいだろう」

「あなたが強盗殺人課へ出向くのは知ってる。強盗殺人課の人間はけっしてあなたのところへいかない。だから、そこへいけばあなたに会える」

バラードは電話を切った。自分がその会議にいくかどうか定かではなかった——オリバスと二度とふたたびおなじ部屋にいることがないようにするのがバラードの人生の目標だった——だが、自分が来るとヌチオに思わせる必要があった。それでヌチオが揺さぶられ、その結果オリバスに連絡を取り、オリバスが揺さぶられるだろう。それがバラードの望んでいることだった。

23

バラードは点呼のあとの一時間を費やして、エディスン・バンクス・ジュニアに関する情報を手に入れようとした。彼は犯罪歴がなく、運転免許証は三年前に失効し、更新されていなかった。バラードは交通車両局に登録されている写真を呼びだし、それは免許証の発行された七年まえに撮影されたものと推測した。ブロンドの髪をしたサーファー・タイプで、薄い唇、緑色の瞳の男性が写真には写っていた。最近のバンクスを知っているかもしれない人間に見せても役に立たないだろうとわかっていながらも、その写真をプリントアウトした。

次にバラードは電話に取り組み、ハリウッド・エリアのシェルターや炊き出し所、ホームレス復帰支援センターに連絡を入れた。二十四時間営業している場所は多くなかったが、かならずしも全部があいていないことはなかった。もしあしたの朝、強盗殺人課の会議に押しかけるなら、尻ポケットに入れておけるバンクスに関するなんらかの情報を仕入れておきたかった。事件に留まるのを認められるとは期待していなかった――オリバス警部が責任者になっている強盗殺人課では当然のことだった――だが、もしバラードが捜査に弾みをつけたり、方向性を与えたりする情報を提供できるなら、死体が発見された夜のバラードの行動は、それほど厳しく判断されない可能性があった。オリバスがどんな機会を利用してでもバラードの判断にとやかく言うのはわかっており、今回の事件ではバラードは批判されやすい立場にいた――殺人事件であると判断される可能性のあったものをロス消防局放火班に委ねてしまったのだ。それは起きてはならない事態だった。バラードが強盗殺人課に伝える人間であってしかるべきだった。消防局の人間ではなく。

一時間後、バラードはなにも手に入れていなかった。バンクスはベッドや温かい食事や石鹸《せっけん》と引き換えに名前を伝え、写真を撮られる場所をわざと避けていたようだった。あるいは、偽名を使っていたのかもしれない。どちらにせよ、バンクスはみごとに網の目をすり抜けていた。バンクスは足跡を隠し、家族に見つかりたくないと思っていたのが、はっきり示唆されていた。

バラードはプリンターから車両局の写真を、充電器からローヴァーをそれぞれつかむと、当直オフィスを目指して、廊下を進んだ。バラードはワシントン警部補に、死亡事案が不審死と判断された以上、ハリウッド・エリアの二次聞き込みに向かうつもりだ、と伝えた。

「放火による死亡事件は強盗殺人課の担当だぞ」ワシントンは言った。

「わかってます」バラードは答えた。「あす八時に会議が予定されています。わたしはただ自分の報告書を完成させ、託したいだけです。このあいだの夜、聴取しそこねた人間が数人おり、今夜、彼らをつかまえてみたいんです。彼らは日の出になるとてんでんばらばらになってしまうでしょう」

ワシントンは応援が要るかと訊ね、バラードは断った。制服警官の存在は、ハリウッドの夜の住民たちから情報を得るには役に立たないだろう。

バラードはまず市立公園のまわりを進み、コール・アヴェニュー沿いにゆっくり車を進めてまわりの様子を確認した。なんの動きも見えなかった。まだ起きていて、縁石や折りたたみ椅子に腰掛け、ひとりで煙草を吸い、酒を飲んでいる野営地の住人が数名いるだけだった。

公園の北の端で街灯の下に座っている男たちのグループが目に入った。バラードは彼らとは道路を隔てた向かい側の小道具レンタル会社の正面に車を停め、ローヴァーで当直オフィスに自分のいる場所を伝えた。それは定められた手順だった。

車を降りると、バラードはスーツの上着を脱ぎ、男たちに近づいたときにベルトのバッジがすぐに見えるようにした。道路を横断しながら、四人の男たちがいるのを数えた。彼らは二張りのテントと、公園の外周フェンスにくりつけてある青い防水シートの仮小屋のあいだの狭い空間にかたまって座っていた。バラードが彼らのそばへいくまえに、男たちのひとりがウイスキーと煙草でしゃがれた声で話しかけてきた。

「おいおい、いままで見たなかで最高にべっぴんのお巡《まわ》りさんじゃないか」

ほかの男たちが笑い声を上げ、バラードは彼らがいまこの瞬間、なんの痛みも感じていないのが判断できた。

「こんばんは、みなさん」バラードは言った。「お世辞ありがとう。今夜はなんの宴《うたげ》？」

「なんでもない」しゃがれ声が言った。

「エディの通夜をやっているだけさ」黒いベレー帽をかぶった別の男が言った。

三番めの男がウォツカの三百七十五ミリリットル入り壜《シヨートドッグ》を死者に捧げるため掲げた。

「じゃあ、あなたたちはエディスンと知り合いなんだ」バラードは言った。

「そうとも」四人めの男が言った。

男は二十歳そこそこのようにバラードには思えた。頬にはほとんど無精ひげも生えていなかった。

「こないだの夜もあなたたちはここにいた？」バラードは訊いた。

「ああ、だけど、おれたちは全部が終わるまでなにも見ちゃいないぞ」ベレー帽が言う。

「そのまえはどう？」バラードは訊いた。「あの夜、早い時間にエディを見ていない？　彼はこのあたりにいた？」

「あいつはこのあたりにいた」しゃがれ声が答える。「あいつはファイヴァーをひとり占めしていて、だれにもわけようとしなかった」

「ファイヴァーってなに？」

「酒がたっぷり五分の一ガロン《フィフス》（約七百五十ミリリットル）入っているやつだ」

バラードはうなずいた。ひとりの男の三百七十五ミリリットル壜から判断して、フィフスを買えるくらい町角や通行人から小銭をかき集められるのは、めったにないことらしい、と推測する。

「どうやって彼はファイヴァーを手に入れたの？」バラードは訊いた。

「あー、守護天使をつかんだんだ」がきんちょ《キッド》が言った。

「だれかが彼に買ってくれたというわけ？　それがだれだったかあなたは見た？」

「いいや、たんなるどこかのだれかだ。そうあいつは言ってた。だれかがあいつにただでデカブツを買ってくれた、と言ってた。イチモツをしゃぶったりなんかする必要はなかったそうだ」

「彼が飲んでいたのがどんな酒だったのか覚えている？」

「ああ、ティトーズだ」

「それはテキーラ？」

「いや、ウォツカだ。うまい酒だ」

バラードは三番めの男が手に持っている三百七十五ミリリットル壜を指さした。

「あなたたちはどこで酒を買ってるの？」

男はその酒壜でサンタモニカ大通りのほうを指し示した。

「たいていはあそこの〈メイコーズ〉だ」

バラードはその店を知っていた。終夜営業の店で、主に酒と煙草と巻紙とパイプとコンドームを売っていた。レイトショーになってから何年も何度となく出動要請でそこにいったことがあった。そこは磁石のように強奪犯と暴行犯を引き寄せる場所だった。結果的に店舗の内外に防犯カメラが設置されていた。

「その店でエディはファイヴァーを手に入れたと思う？」バラードは訊いた。

「ああ」キッドが答える。

「そこに決まってる」ショートドッグが言った。「このあたりで遅くまであいているところはほかにない」

「エディがだれかと揉めたのは聞いたことがある？」バラードは訊ねた。

「いいや、みんなエディを好いているよ」ショートドッグが言った。

「優しいやつだ」しゃがれ声が付け加える。

バラードは待った。だれもエディが揉めごとを抱えていた件についてすすんでなにかを言おうとはしていなかった。

「オーケイ、みんな、ありがと」バラードは言った。「ご無事で」

「ああ」キッドが言った。「エディみたいな最期は迎えたくない」

「なあ、刑事のお嬢ちゃん」ベレー帽が言った。「どうしてそんな質問をしてるんだ？　まえにはだれもエディにまったくかまわなかったのに」

「いまはかまっているの。おやすみなさい、みなさん」

バラードは車に戻り、サンタモニカ大通りに向かって進んだ。右折して、三ブロック進むと、〈メイコーズ・マーケット〉のある荒れ果てたショッピング・プラザにたどり着いた。その店がプラザの一方の端に根を生やし、反対側の端は、二十四時間営業のドーナッツ店が確保していた。両方の店のあいだには、二軒の空店舗、〈サブウエイ〉のフランチャイズ店と、公証人サービスからコピー、催眠術による減量や禁煙にいたるまで、一店舗で全部賄えるワンストップ・ショッピングを提供する通り沿いに面した店があった。

このエリアのパトカーがドーナッツ店の正面に停まっており、パトカーとドーナッツという決まり文句を証明していた。バラードは車を降り、てのひらを下に向けて振り、パトロールは順調だという合図を送った。パトカーのステアリングホイールの向こうにロリンズがいるのが見えた。先日の夜の犠牲者が出た火事に出動したパトロール警官のひとりだ。ロリンズはバラードを認めた合図にライトを明滅させた。ロリンズのパートナーはドーナッツ店のなかにいるのだろう、とバラードは推測する。

〈メイコーズ〉は要塞だった。正面のドアは、電子錠で内側からしか開けることができない。ブザーを押してなかへ入れてもらうと、バラードはこの店が犯罪多発地域の銀行のような設え《しつら》になっているのを見た。正面のドアの先は次の間になっており、幅三メートル、奥行き一・八メートルあった。その空間には、左側の壁に置かれたATMを別にするとなにもなかった。正面中央にはステンレススチール製のカウンターがあり、大きなパススルー式の引き出しがついており、その上に防弾ガラスの壁がはまっていた。三重の錠がかかっている鋼製の扉がカウンターの右側にあった。ガラスの向こう側のスツールに男がひとり、座っていた。男はバラードを認めてうなずいた。

「商売の調子はどう、マルコ？」バラードは訊いた。

男はまえに身を乗りだし、ボタンを押すと、マイクに向かってしゃべった。

「万事問題なしだよ、お巡りさん」男は言った。

バラードは、マルコ・リンコフが何年も前に店の正面の看板を注文し、スペルが間違った看板を半額で受け取ったという話を聞いたことがあった。それが本当の話かどうか、バラードは知らなかった。

「ここではティトーズのウォツカを売ってる？」バラードは訊いた。

「ああ、もちろん」マルコは言った。「奥に置いている」

マルコはスツールから腰を上げようとした。

「いえ、買いたいんじゃないの」バラードは言った。「たんに知りたいだけ。このあいだの夜もそれを一本売った？　月曜の夜に？」

マルコはそれについて少し考えると、ゆっくりとうなずいた。

「たぶん」マルコは言った。「そう思う」

「あなたのところのビデオを見せてもらう必要がある」バラードは言った。

マルコはスツールを降りた。

「いいですよ」マルコは言った。「こちらへどうぞ」

マルコは右側に姿を消し、鋼製の扉の錠が外される音をバラードは耳にした。自分の要請に反発や、捜索令状の有無やほかの法的手続きを問う声が上がるとは思っていなかった。マルコは自分の商売を見張ってくれて、好戦的な客や疑わしい行動を示す客に関する度重なる通報に応じてくれている警察を頼っていた。もしそういうサービスを期待しているなら、それは持ちつ持たれつの関係になる、とマルコはわかっていた。

バラードはなかに入り、マルコはバラードが入ってきたあとで扉に施錠した。差し錠に加えて、扉に金属製の防犯棒をマルコが押し下げたのにバラードは気づいた。彼は危ない橋を渡ろうとはしていなかった。

マルコは、ディスプレイ棚を通って、保管スペースと事務所に利用している奥の部屋にバラードを案内した。壁にぴったりつけて物がたくさん置かれている小さな机にコンピュータが載っていた。裏口はプラザの裏の路地に通じていた——その扉も鋼製で、二本の防犯棒が備わっていた。

「オーケイ、それで……」マルコが言った。

彼は最後まで言い終えなかった。たんに画面を起ち上げると、四台のカメラによる四つにわかれた映像が出た。ふたつのカメラが店の正面の外に設置されたもので、駐車場と店の正面扉を写していた。路地にある三番めのカメラは裏口の扉を写しており、四台目のカメラは正面の部屋のATMを写していた。バラードはまだドーナッツ店の外に停まっているパトカーを目にした。マルコがそのパトカーを指さした。

「あの人たちはいい人だ」マルコは言った。「このあたりをうろついて、わたしのために見張ってくれている」

バラードはドーナッツに引き寄せられているのだとまだ思っていたが、そうとは口にしなかった。

「オーケイ、月曜の夜をお願い」バラードは言った。

バラードは、仲間の野営地住人たちに持っていたのを見られたティトーズの壜をいつエディスン・バンクス・ジュニアが受け取ったのか、あるいはそれを飲んでしまうのにどれくらいかかるのか、見当がつかずにいた。そのため、早送りモードで、月曜日の夕暮れから再生をはじめてくれるようマルコに頼んだ。店に客が入ってくるたびにマルコは、バラードが自分の探しているものをその客が買っているのではないと判断するまでビデオをノーマル速度に戻してくれた。

再生をはじめて二十分後、ティトーズのウォッカで該当した客がいたが、それはバラードの予想していたものではなかった――メルセデスベンツが駐車場に入り、〈メイコーズ〉のまえに停まった。スティレットヒールを履き、全身真っ黒なレザーのズボンとジャケットを着た長い黒髪の女性がベンツを降りて、店に入ってきた。店内で、彼女はまっさきにATMで現金を下ろしたあと、ティトーズのウォッカを買った。〈メイコーズ〉は、現金払いのみの店だった。

「常連客？」バラードは訊いた。

「彼女は、ちがう」マルコが答えた。「一度も見たことがない。商売女には見えないよね？　彼女たちとはちがう」

「ええ、彼女たちはベンツを運転しない」

　バラードは女性が車のところに戻り、なかに入って、プラザの駐車場から車を出すのを見ていた。サンタモニカ大通りを西に向かった——エディスン・バンクス・ジュニアが四時間後焼け死ぬ市立公園から遠ざかる方向だ。バラードは、車のライセンスナンバーを記憶に留めようとした。カリフォルニア州のヴァニティープレートだったので記憶するのは容易だった――１４Ｕ２４ＭＥ。

「あの番号はなに？」マルコが聞いた。

「ワン・フォー・ユー、ツー・フォー・ミー。あなたにひとつ、わたしにふたつ」

「へー、気がきいてる」

「あのATMはだれのもの？」

「わたしのものだ」マルコは言った。「つまり、ある会社の持ち物だけど、そこがわたしに金を払ってあそこに置いている。割り前をもらっているんだ。この店に来るときには現金が必要なので、わたしにとっていい稼ぎになっている」

「なるほど。記録を見せてもらえる？」

「なんの記録？」

「引き出し記録。あの女性が何者なのか知りたいなら、その記録でわかるでしょう」

「んー、よくわからない。そのためには法律文書が必要かもしれない。わたしの会社のものじゃないし」

「捜索令状ね。わかった」

「ほら、もしわたしの責任ですむなら、あなたに渡すよ。わたしはいつも警察に協力している。だけど、このATMを置いている人間はおなじ考えじゃないかもしれない」

「わかる。彼女のプレートナンバーを手に入れた。それで情報が得られる」

「オーケイ。つづける?」

マルコはコンピュータ画面を指さした。

「ええ、つづけて」バラードは言った。「まだ夜の半分も過ぎていない」

リアルタイムで数分後、ビデオの再生時間で一時間後、バラードは自分の目を捕らえるなにかを見た。ボロボロの服を着たひとりの男が壜や缶を満載したショッピングカートを押して〈メイコーズ〉にやってきて、歩道にカートを停めると、ブザーを鳴らして入店許可を求めた。男は店内に入り、小銭としわくちゃの札をパススルーの引き出しに突っこみ、一・二リットル入りのオールド・イングリッシュ・モルトウイスキーを購入した。男はそののち店を離れ、自分のカートのところに戻り、集めた壜と缶のなかにそのフルボトルをしっかり安定させると、カートを押して、駐車場を出ていった。男はサンタモニカ大通りを東へ向かった。バラードは、その男が月曜日の夜、火事のあとの見物人のひとりだったと認識した。

それで新しいアイデアが浮かんだ。

バラードは壜を集めているあの男に会いにいくことにした。

24

シフト終わりの直前、出動要請がかかり、バラードはバンクスに関する強盗殺人課の会議用の報告書を仕上げられずに、残業代の支払われぬ残業に駆りだされた。ファウンテン・アヴェニューのすぐ南のシトラス・アヴェニューで起こった言った言わないの事件だった。パトロールから、暴力的な家庭内紛争のレフリー役を要請されたのだ。ひとつの寝室とひとつのバスルームを共有するふたりの男が、出勤まえにどちらが先にシャワーを浴びるべきかを巡って争ったという。ふたりは夜通し、酒を飲み、麻薬を摂取していたが、ふたりのうちどちらかが最後の汚れていないタオルを手にして、バスルームに閉じこもったとき、喧嘩がはじまった。もうひとりの男は、抗議し、バスルームのドアを蹴りあけ、相手の顔を殴って、鼻を折った。そのあと、喧嘩は狭いアパート住戸から拡大し、建物のほかの住人を起こす規模になった。複数の911番通報を受け、警察が到着したころには、ふたりとも喧嘩で傷だらけになり、仕事にいける状況ではなくなっていた。

　通報に応じたふたりのパトロール警官は、将来この事件のとばっちりが飛んでくるのを避けようとして、刑事に判断を委ねたいと考えた。バラードは現着し、ふたりの警官と、ついで関係する両当事者と話をした。その結果、この喧嘩は、実際には汚れていないタオルあるいはシャワーを巡ってのものではなく、男たちの関係のなかに潜む問題に原因があるのだろう、と推測した。それがどんなものであれ。それにもかかわらず、バラードは両人を逮捕することを選択した。ふたりの保護と自分自身の保護のために。家庭内紛争は、やっかいだった。怒りが収まり、神経の高ぶりが落ち着けば、たんに引き下がるのがもっとも思慮分別のある対処法に見えるかもしれないが、一時間後あるいは一週間後はたまた一年後に、おなじ関係が殺人で終わったなら、近所の人間が報道カメラのまえで、警察が来たのになにもしなかったと話すのだ。あとで悔やむより、いま安全な策を採るべき。それが決まりであり、だからこそパトロール警官たちはその判断に加わりたがらなかった。

　バラードはふたりの男を逮捕し、別々にハリウッド分署の勾留施設に移送した。そこでふたりは隣り合った囚房に入れられるだろう。ふたりの逮捕手続きにまつわる書類仕事に加えて、ほかの書類を準備しなければならなかったため、午前七時のシフト終わりを過ぎて働く羽目になった。

　必要な逮捕報告書を提出してから、バラードは小型車に乗って、ダウンタウンに向かい、市警本部ビルの正面のファースト・ストリートに車を停めた。そこは駐車可能な場所ではなかったが、彼女は遅れており、交通警官がこの車を見て、刑事車両だと認識して、駐禁切符を切らずにいることを期待した。それに市警本部ビルのなかに長居をすることにはならないと思っていた。

　バックパックを肩にかつぎ、茶色い証拠保管袋を持参した。五階でバラードは強盗殺人課に入った。ハリウッド分署のレイトショーに心ならずも異動になってから、ここに戻ってきたのははじめてだった。奥の隅にある警部オフィスからはじめて、広大な部屋に目を走らせた。ガラスの壁の向こうは無人だとわかった。オリバスのいる気配――あるいは、ヌチオとスペルマンのいる気配――はなかったので、バラードは、作戦司令室に向かった。ドアのスライド式標識は、**使用中**の文字になっており、自分がパーティーの仲間を見つけたのがわかった。一度ノックしてから、なかに入った。

　作戦司令室は、三・六メートル×九メートルの倉庫を転用した部屋で、重役会議室スタイルのテーブルが置かれ、壁にはホワイトボードと液晶ディスプレイが設置されていた。複数機関の捜査員がからむ会議が必要な特捜事件や、ひらけた刑事部屋で話し合うべきではない取り扱いに注意を要する事件に用いられていた。

ロバート・オリバス警部は長いテーブルの上座に座っていた。彼の左側にはヌチオとスペルマンがいた。右側には、バラードにとって見覚えのある刑事がふたり、ドラッカーとフェルリータがいた。ふたりとも強盗殺人課の強面《こわもて》刑事で、火災がらみの事件を専門にしていた。ドラッカーは強盗殺人課の古参で、「くず鉄集積場《スクラップヤード》」のあだ名がついていた。永年の勤務で、両方の膝と腰と片方の肩の関節の置換手術を受けていたからだ。

「バラード刑事」オリバスが言った。その口調は平静で、彼がバラードに対してまだ抱いているのがわかっている敵意を少しも表に出していなかった。

「警部」バラードはおなじように平静に答えた。

「ヌチオ調査官からきみが参加するかもしれないと聞いていた。だが、われわれは事態を掌握しており、本件できみは必要ないと思う」

「それはけっこうです、正面の駐禁場所に駐車しているので。ですが、出ていくまえに、わたしが集めた証拠の一部を見聞きされたいのではないか、と思ったんです」

「証拠だと、刑事？　きみは月曜の夜に現場を可能な限り早く離れたと聞いているのだが」

「それはちょっとちがいますね。消防局の人間が事態を掌握しており、なにか変化があったら強盗殺人課に連絡すると言ったので、現場を離れたんです」

バラードは当初の出動要請の対処方法をオリバスが問題にしようとするなら自分の立場を説明するつもりでいた。また、ヌチオとスペルマンは警察内部のもめごとに巻きこまれないようにするくらい賢いだろうから、問題になることはないだろう、とも予想していた。

横幅のたっぷりある寡黙な男であるオリバスは、問題にする価値はないと判断したようだった。エイミー・ドッドが言っていた穏やかな帆走のひとつなのだろう――オリバスは現役最後の年に波風が立つのを望んでいない。バラードがこの会議で実際に計画していたことにそれがうまく役立つだろうとわかっていた。

「なにをつかんでいるんだ？」オリバスが訊いた。「殺人事件が起こっているのかどうかすら、はっきりしていないんだぞ」

「だからこそ、ここにいるみなさんは、高給をもらっているんじゃないですか？」バラードは言った。「自分たちでそれを突き止めなきゃならない」

オリバスは最初の様子見の態度をやめた。

「いまも言ったように、なにをつかんでいるんだ？」

今度は本来の口調がうっかりこぼれていた。偉そうな態度と嫌悪感に取って代わられている。バラードはテーブルの上に証拠を入れた袋を置いた。

「まずはじめにこれを手に入れました」バラードは言った。「ティトーズ・ウォッカの空の五分の一ガロン壜です」

「で、それがこの事件にどう関わるんだ？」オリバスが訊いた。

バラードはヌチオを指さした。

「きのう、ヌチオ調査官からうかがった話によると、被害者の血中アルコール濃度は、検屍局で測定したところ、〇・三六パーセントだったそうです。それにはかなりの量のアルコール摂取が必要です。被害者を知っているホームレスの男性たちと話をしたところ、月曜日の夜、バンクスはティトーズの五分の一ガロン分をだれにも分け与えずに飲んでいたそうです。何者かが――〝守護天使〟が――そのウォッカをバンクスに与えたんです。おなじ歩道で野宿しており、リサイクル用に壜や缶を集めている別のホームレス男性からバンクスの飲んでいた壜を回収しました。証拠保全はないに等しいですが、バンクスがウォッカを飲み干したあとにその酒壜を拾ったのは確かだと彼は思っていました。この壜の遺留指紋を調べたらどうかと思ってます。もしバンクスの指紋が出てくれれば、証言が裏付けられるでしょう。ですが、〝守護天使〟の指紋も手に入るかもしれませんし、そちらがその人と話をしたいんじゃないですか。つまり、バンクスに火を点けるためだれかが彼を酔わせようとしたのなら」

オリバスは少し時間をかけて言われた内容を消化してから返事をした。

「だれかその〝守護天使〟を見たのか？」オリバスは訊いた。「そいつは男なのか、女なのか、どっちだ？」

「わたしが話をした人たちは見ていません」バラードは言った。「ですが、通りの先にある〈メイコーズ〉へいったところ、その店のビデオに、バンクスが焼かれる四時間ほどまえにメルセデスベンツに乗った女性が車を停め、ティトーズの酒壜を買っていったところが映っていました。たんなる偶然かもしれませんが、その点はみなさんにお任せして、解き明かしてもらいましょう」

オリバスは自分の部下たちを見た。

「根拠が薄い」オリバスは言った。「全体的に薄い。おまえたちは、その酒壜とほかにバラードが持っているものはなんであれ受け取れ。ヒーターを受け取って、自分たちで調べてみる必要がある。なにがなんだかわかるまで、死因の判断を保留する。バラード、おまえは出ていっていい。いずれにせよ、この時間は非番だろ？」

「そうです」バラードは言った。「ここから出ていきます。今夜、なにか調べるために現場に戻るのにわたしが必要でしたら連絡してくださってかまいません」

「それが必要にはならんだろう」オリバスは言った。「ここからはこっちで対処する」

「酒壜の回収に関する報告書に署名をいただきたいだけです」バラードは言った。

「それで証拠保全の記録になり、ティトーズの壜が重要になった場合、混乱はまったく生じないでしょうから」

「きみが手柄を得るのを確実にするためにもな」オリバスは言った。

それは質問ではなく、バラードはオリバスのこの事態の受け取り方に満足した。

「われわれはみな、自分たちの行動に正当な評価を望んでいるんじゃないですか」バラードは言った。

「なんとでも言え」オリバスは言った。「きみが書いたら、わたしが署名する」

バラードはバックパックのジッパーを下げ、二ページの書類のコピーが二部入っているフォルダーを取りだした。最初のページには、酒壜の出所に関する詳細が書きこまれており、二枚目のページにはオリバスの署名用の下線が引かれているだけだった。バラードはその書類をテーブルに置いた。

「一部はあなたに、もう一部はわたしの控えです」バラードは言った。

オリバスは両方の書類に署名した。バラードは一部を手に取り、もう一部をテーブルに残した。そしてコピーをフォルダーに戻すと、バックパックに入れ直した。

バラードはオリバスに敬礼の真似《まね》をしてから、踵《きびす》を返し、部屋をあとにした。強盗殺人課を出ながら、落ち着いて、感情を抑えようとした。それは難しかった。オリバスはいつもバラードをイラつかせることができた。バラードにはそれがわかっていた。過去にほかの男たちがしたように、オリバスはバラードから大切なものを奪った。それでも、ほかの連中は、なんらかの形で対価を払わされた——**当然の報い**……**復讐《ふくしゅう》**……**裁き**——言い方はさまざまだ。だが、オリバスは払っていない。いまのところはまだ。せいぜい、評判に一時的な汚点が残った程度で、それもすぐに消えてしまった。バラードは自分が望むままにオリバスを智慧で上回り、捜査で出し抜けるとわかっていたが、それでもオリバスはバラードから奪ったあの名づけがたい大切なものをずっと手放さずにいるだろう。

25

強盗殺人課をあとにして、バラードは廊下を通って、暴行事件特捜チームにふたたび向かった。今回、エイミー・ドッドは自分の間仕切りセクションにはいなかったが、その隣のワークステーションはあいかわらず使われていないようだった。バラードはそちらに腰を下ろすと、市警のコンピュータにログインした。自分を責め苛《さいな》む相手から遠ざかり、バラードは深々と息を吐き、リラックスしようとした。実際には一日の仕事を終えていたが、オリバスと、オリバスを見たことで自分のなかに浮かんできたもののせいで、不安にかられていた。ひとつの事件を諦めたところであり、もうひとつの事件に戻りたくなった。物事をまえに進めつづけるために。

バラードはコンピュータの隣に自分の手帳を置き、エルヴィン・キッドに関して集めた情報を記したページをひらいた。キッドの携帯番号と、仕事の固定電話番号両方をつかんでいた。レクシス／ネクシス・データベースにつなぎ、その番号で検索し、提供しているプロバイダーをつかんだ。盗聴捜索令状を取得するのに必要な情報だった。いったんそれを把握すると、両方の電話番号の音声監視の認可を求める捜索令状申請のテンプレートをひらいた。

盗聴認可を得るのは、複雑で困難な手続きが必要となる。個人の通話の盗聴は、不合理な捜索と押収からの保護を認めている合衆国憲法修正第四条に明らかに抵触しているからだった。そのような権利侵害をおこなうための相当な理由は、完全で隙がなく、必死なものでなければならなかった。起案者は、相当な理由の主張において、監視対象者による犯罪行為が切迫したものであることを明確に述べなければならないため、完全で隙がないものにしなくてはならない。捜査員は目標とする対象者の犯罪を立証するための唯一の選択肢が盗聴であるという説得力のある主張をしなければならないため、必死でなくてはならない。盗聴は最後の手段と見なされており、したがって刑事は市警による承認を得る必要があった。それは高い職階の上司――警部あるいはそれ以上の職責者――のサインがなされなければならなかった。

バラードが、半分は決まり文句の法律用語、半分はキッドに関する事件の概要を述べた七ページの相当の理由書類を書き上げるのに一時間かかった。それはロス市警公認のタレコミ屋ディナード・ドーシーからの情報に大きく依存し、盗聴が最後の手段であることを主張したものだった。本件は二十九年まえの事件であり、証人たちは亡くなったり、記憶が薄れていたり、あるいは所在がつかめなかったりするから、という理由で。この書類では、ドーシーが十年以上も情報提供者としての役目を果たしていないことや、キッドがそれ以上まえからローリング・シクスティーズ・クリップ団の現役ではないことに触れていなかった。

バラードが画面上で申請書を校正していると、エイミー・ドッドが自分の間仕切りセクションにやってきた。

「まあ、こういうのがいつものことになってきたんだ」ドッドは言った。

バラードは顔を起こして、ドッドを見た。彼女は疲れているようだった。事件の捜査で長い夜を過ごしたかのようだ。バラードはまたしても心配な気持ちに襲われた。

「ちょうどいいところに来てくれた」バラードは言った。「この部門のプリンター・コードはなに?」

ドッドは調べてみないと、と答えた。自分の机のまえに腰を下ろし、ログインし、画面に表示された部門のプリンターＩＤを読み上げた。バラードは相当の理由書類を印刷に送った。

「で、どうしたの?」ドッドは間仕切りの向こう側から言った。「ここへ異動してく

る の？」

「捜索令状を書いていたの」バラードは言った。「ソーントン判事が法廷をはじめるまえに持っていかないと」

「盗聴？」

「ええ。ふたつ」

ビリー・ソーントン判事は、上級裁判所の盗聴担当判事だった。すなわち、電話を盗聴するための捜索令状はすべて彼の承認が必要だった。また、通常毎朝十時にひらかれるとても忙しい法廷を運営していた。

ドッドの指示に従って、バラードは刑事部屋の後方にある休憩エリアにいき、プリンターから自分の書類を探しだした。それから借りた机に戻り、作戦司令室でオリバスといっしょにいるときに取りだしたのとおなじフォルダーをバックパックから引っ張りだした。証拠保全の署名ページを、捜索令状申請書のうしろにくっつけると、出かける準備が整った。

「じゃあ、これで」バラードは言った。「仕事のあとで会いたくなったら、都合をつけるよ、エイミー。少なくともレイトショーがはじまるまでは」

「ありがと」ドッドはバラードの懸念に勘づいて、言った。「その言葉に甘えようかな」

バラードはエレベーターで下に降り、正面の広場を横切って、自分の車に向かった。ウインドシールドを確認し、駐禁チケットがないのを確かめる。自分の運に倍賭けすることに決め、車をそこに残した。裁判所はたった一ブロック先のテンプル・ストリートにあった。バラードが急ぎ、ソーントン判事が法廷をひらいていなければ、三十分もしないうちに車に戻ってこられるだろう。バラードは足取りを速めた。

ビリー・ソーントン判事は、地元の刑事裁判制度のなかでよく知られている重鎮だった。キャリアの初期は公選弁護人および地区検事補を務め、選挙によって判事に選ばれ、四半世紀以上にわたってロサンジェルス上級裁判所第一〇七号法廷の判事の座にありつづけている。彼は法廷では親しみのある態度を保ち、鋭い法的思考を隠していた——裁判所長が盗聴捜索令状の判事に彼を任命している理由がその法的思考だった。彼のフルネームは、クラレンス・ウイリアム・ソーントンだが、ビリーのほうを本人は好んでおり、彼の法廷を担当する廷吏は、判事が法廷に入るたびに、「ビリー・ソーントン閣下がいらっしゃいました」と大きな声で宣言するのだった。

築五十年になる裁判所のエレベーターの法外に長い待ち時間のせいで、バラードは午前十時十分まえになるまで第一〇七号法廷にたどり着かなかった。法廷はいままさにひらかれようとしていた。郡の拘置所の青いお仕着せを着た男が、隣に座っているスーツを着た弁護士とともに弁護側テーブルについていた。反対側のテーブルにいる検察官に見覚えはあるものの、バラードは名前を思いだせなかった。両者は準備万端整っている様子だったが、唯一欠けているのは法壇の判事だった。バラードは腰のバッジが廷吏の保安官補に見えるように上着をめくって、ゲートを抜けた。弁護側テーブルをまわりこんで、法壇の右側にある書記官の持ち場に向かった。シャツの襟がほつれている男が顔を上げて、バラードを見た。彼の机の名札には、アダム・トレイナーと記されていた。

「どうも」バラードは小声で話しかけた。九階分の階段を駆け上がってきたとトレイナーに思わせ、同情を稼ごうと、息を切らしているふりをした。「判事が法廷をひらくまえに盗聴令状の件でなかに入って判事にお会いできるチャンスはあるかしら？」

「冗談でしょ、はじめるまえに最後の陪審員が到着するのを待っているところなんですよ」トレイナーは言った。「昼食休憩の際に戻ってくるべきでしょうね」

「ちょっと判事に訊いてみてくれませんか？　令状はたった七ページで、中身の大半は判事が百万回は読んでいる決まり文句にすぎないの。長くはかからないわ」

「どうかなあ。あなたの名前と所属は？」

「レネイ・バラード。ロス市警。未解決殺人事件の捜査をおこなっているの。この件には時間の要素が関わっている」

トレイナーは電話を手に取り、ボタンを押し、椅子を回転させてバラードに背を向け、電話の会話を盗み聞きされないようにした。話の内容が聞こえないのは、どうでもよかった。というのも、二十秒で電話が終わったからで、トレイナーがバラードのほうに椅子を戻したとき、答えはノーだろうとバラードは予想した。

だが、バラードは間違っていた。

「どうぞ、通ってください」トレイナーは言った。「判事は判事室におられます。およそ十分の時間があります。姿を見せない陪審員が、いま駐車場から電話してきました」

「あのエレベーターじゃ、十分で上がってこられないでしょうね」バラードは言った。

トレイナーは持ち場の腰までの高さのドアをあけ、バラードに法廷の奥に通じる扉へ向かうのを許した。ファイル保管室を通り抜け、廊下に入る。以前にほかの事件で判事部屋に入ったことがあり、この廊下が刑事裁判担当判事たちの執務室が並んでいるところにつながっているのを知っていた。左右のどちらの通路に進めばいいのかわからずにいると、「こっちだ」という声が聞こえた。

それは左側から聞こえてきた。バラードはあいている扉を見つけ、そこからビリー・ソーントン判事が机の隣に立ち、法廷用の黒い法服を身に着けようとしているのが見えた。

「入ってきたまえ」判事は言った。

バラードはなかに入った。ソーントンの判事室は、バラードがこれまで入ったことがあるほかの判事室と同様だった。机エリアとシッティングエリアがあり、革装の法律書を収めた書棚に三面を囲まれている。いまやあらゆるものがデータベースに入っているので、書棚の法律書はすべて見せかけのものだろうな、とバラードは思った。

「未解決事件だと？」ソーントンは言った。「何年経ってる？」

バラードはバックパックをあけ、ファイルを取り出しながら言った。

「一九九〇年の事件です」バラードは言った。「容疑者が浮かんでおり、ついてみて、事件について話をさせたいんです」

バラードはファイルをソーントンに渡した。判事はファイルを持って机の向こうにまわり、腰を下ろした。フォルダーから取り出さずにページをめくる。

「書記官の話では、時間の要素があるんだと？」判事は訊いた。

バラードはその質問は予想していなかった。

「えーっと、その、容疑者はギャングの構成員であり、この事件に関して、ギャング内のほかの何人かと話をしました」バラードは即興で話を組み立てようとした。「そのことが本人に伝わる可能性があるんです。こちらがなかに入り、掻き回し、本人に電話で話をさせるまえに」

ソーントンは読みつづけた。バラードは判事の予備のローブがかかっているコートラックの隣の壁に額に入ったジャズ・ミュージシャンの白黒写真が飾られているのに気づいた。ソーントンは口をひらいたが、書類の三ページ目を読んでいるようだった。

「わたしは盗聴の要請を非常に真剣に受け取っている」ソーントンは言った。「究極の侵害行為なのだよ。他人のプライベートの会話に耳をそばだてるのは」

バラードは返事をしたらいいのかどうか定かではなかった。ソーントンは修辞的な物言いをしているのかもしれない、と思った。いずれにせよ、バラードは自信のなさそうな口調で答えた。

「われわれも真剣に受け取っています」バラードは言った。「これが事件を解決する最大のチャンスだと考えています――もし誘発されたなら、彼はギャング仲間に確認し、有罪性を認める言葉を口にするかもしれません」

バラードはソーントンが読んでいる文書に記した言葉を引用した。判事はあいかわらずうつむいたままうなずいた。

「そのうえ、携帯電話のメッセージのやりとりも欲している」判事は言った。

「はい、望んでいます」バラードは言った。

六枚目にたどり着いた判事が一度首を振るのを目にし、バラードは判事がこの申請を拒否するのではないかという気がしはじめた。

「この男はギャングのなかで高い地位にいる、ときみは書いている」ソーントンは言った。「殺人事件が起こった時期ですら、高い地位にいた。この男が実際の殺人をおこなったと思っているのかね？」

「えーっ、はい、そう思っています」バラードは言った。「彼は犯行を命じられる立場にいましたが、屈辱的状況が露見する可能性から、自分で実行したのだとわれわれは考えています」

バラードは、だれがわれわれというのを構成しているのか判事が訊かずにいてくれるよう願った。というのも、現時点で、バラードひとりがこの事件を捜査していたからだ。ボッシュは市警を離れており、勘定には入っていなかった。

判事は書類の最後のページにたどり着いており、バラードは相当の理由を支えるためにかなり無理な主張をそこでしているのをわかっていた。

「きみがここで触れている手帳だが」判事は言った。「いまそれを持っているかね？」

「はい」バラードは答えた。

「見せてくれないか」

「かしこまりました」

バラードはバックパックに手を伸ばし、ジョン・ヒルトンの刑務所手帳を取り出し、机越しにソーントンに手渡した。

「令状で言及しているスケッチにはポストイットで印をつけています」バラードは言った。

たった一枚のスケッチにしか印をつけていなかった。二枚目のスケッチは明白にキッドと認識できるものではなかったからだ。ソーントンは直接目印に向かわずに、手帳をパラパラとめくった。ようやくそこにたどり着くと、ページ全体に描かれた絵を長いあいだ見つめた。

「で、これがキッドだというんだな？」判事が訊いた。

「はい、閣下。わたしは当時の彼の写真を持っています――マグショットを。もしご覧になりたいというのなら」

「ああ、見せてくれ」

バラードはバックパックに手を戻したが、判事は話をつづけた。

「気がかりなのは、きみが主観的な結論を下していることだ。第一にこの絵はキッドの絵である、と。第二に、この絵は刑務所内でのある種の恋愛関係を意味している、と」

バラードはノートパソコンをひらき、コルコランにいるあいだに撮影されたキッドの写真を引きだした。画面を判事に向ける。判事は身を乗りだして、じっくり写真を見つめた。

「拡大しましょうか？」バラードが訊いた。

「それにはおよばんよ」判事は言った。「この絵がキッド氏であることには同意する。恋愛関係はどうなんだ？　この絵のなかにそれが見えるという以外にそれを証明するものを持っておらんだろう。ヒルトンはたんにうまい絵描きにすぎなかったのかもしれない」

「わたしはこのスケッチのなかにそれが見えます」バラードは自分の立場を維持して、言った。「加えて、被害者のルームメイトの証言があります。彼がゲイであり、だれかに執着していた、と。ヒルトンは当時キッドが支配していた路地で殺害され、そのときキッドはほかのギャング・メンバーを路地から立ち去らせたという事実があります。ヒルトンはキッドと恋に落ちたのであり、刑務所で起こったことは刑務所で留まっている、と信じます。キッドはその関係の暴露によって、ギャング内での自分の強い立場を損なわせるわけにはいかなかったんです。相当の理由はあると思います、閣下」

「それを決めるのはわたしだろ？」ソーントンは言った。

「はい、そうです」

「まあ、きみの見立てはわかった」ソーントンは言った。「その一部は相当の理由に支えられているが、いまも言ったように、一部は推測であり、臆測ですらある」

バラードは返事をしなかった。放課後担任の教師にたしなめられている生徒のような気分がした。自分が炎に包まれて炎上するのがわかった。ソーントンは、バラードの主張は成立しない、相当の理由に確かな根拠ができたときに出直してくるように、とこれから言うのだろう。バラードは、判事が署名欄のある最後のページをめくるのを見た。そこにオリバスの名前がある。

「きみはオリバス警部の元でこの件の捜査をしているのか？」判事は訊いた。

「彼は未解決事件の責任者です」バラードは言った。

「そして、彼はこの申請書にサインをしたんだな？」

「はい」

バラードはふいに気分が悪くなった――胃が痛む。おのれの偽りがまずい道に自分を進ませたのがわかった。上級裁判所の判事に嘘をついているのだ。オリバスへの敵意のせいで、ひたすら尊敬している人物に嘘をついてしまった。ボッシュから殺人事件調書を受け取ったことすら後悔しはじめていた。

「ふむ」ソーントンは言った。「彼は自分のやっていることをわかっていると推測せざるをえんな。当時、二十五年まえ、検察官として、わたしは彼といっしょに事件に取り組んだのだ。彼は自分のやっていることをわかっていた」

「はい」バラードは言った。

「だが、彼に関する噂を耳にしている。彼の管理職としてのやり方に関する噂だ」

バラードはなにも言わなかった。ソーントンは、自分が水に投じた餌にバラードが食いつかなかったのを悟ったはずだ。ソーントンは先をつづけた。

「きみはここに七日間の盗聴を求めている」判事は言った。「きみには七十二時間与えよう。それでなにも手に入らなかったら、そこで盗聴をやめてもらいたい。きっぱり手を引くんだ。わかったかね、刑事？」

「わかりました。七十二時間ですね。ありがとうございます」

ソーントンはキッドの電話に関してバラードがサービス・プロバイダーに渡す命令書にじっくり署名をした。バラードは相手の気が変わらぬうちにここから出ていけるよう、判事に急いで署名してもらいたかった。バラードは壁にかかったミュージシャンの写真をじっと見つめたが、実際には見ておらず、次に取るステップについて考えていた。

「あれがだれか知ってるかね？」判事が訊いた。

バラードは物思いから覚めた。

「えーっと、いえ」バラードは言った。「だれなんだろうな、と思っていただけです」

「野獣とすばらしい演奏家《ザ・ブルート・アンド・ザ・ビューティフル》——あの男はそう呼ばれていた」ソーントンが言った。「ベン・ウェブスターだ。テナーサックスを演奏していると、人を泣かせることができた。だが、酔っ払うと、扱いにくい人間になった。乱暴な人間になるんだ。わたしは自分の法廷でその物語をつねに見ている」

バラードはただうなずいた。ソーントンはバラードに書類を手渡した。

「さあ、きみの捜索令状だ」ソーントンは言った。

BOSCH

26

ボッシュは、ダイニングテーブルのまえに腰を下ろした。目のまえには、ウォルター・モンゴメリー事件の書類のコピーが六つの山にわけられ、テーブルに置かれている。その山には、裁判に先立ち、開示手続きでミッキー・ハラーが受け取った判事殺害に関するロス市警の捜査の記録がすべて入っていた。殺人事件担当刑事として自分がやっていたことや検察官および開示手続きのルールを心得ているので、ボッシュは捜査で集まったもののすべてを自分が持っているわけではないと確信していた。だが、少なくとも自分で捜査をはじめるには充分な材料があった。

そしてこの件を調べている人間が自分だけであることも確信していた。捜査責任者の刑事、ジェリー・ガスタフスンは、ジェフリー・ハーシュタットに対する訴えが取り下げられたとき、殺人犯が自由の身になったと感じていることを明白にしていた。自身の捜査をあらたに見直すことは、まえに下した結論を否認することになるだろう。驕《おご》りと独善の罪がモンゴメリー判事のための正義を風前《ふうぜん》の灯火《ともしび》にしていた。

そのことがボッシュは非常に気になった。

目のまえの六つの山は、判事の爪の下からこそげとったものとハーシュタットのDNAが合致するまではガスタフスンと彼のパートナーであるオーランド・レイエスによって五つの道筋の捜査がおこなわれていたことを表していた。そのDNA合致でハーシュタット以外のだれに対する捜査もやめてしまった。これはボッシュがロス市警殺人事件担当の任務に就いていたときに目にしたことがあり、おそらく自分もその罪を免れないであろう視野狭窄の一形態だった。科学捜査におけるDNAの登場によって、科学が捜査を奪取するケースをボッシュは繰り返し目撃した。DNAは万能薬だった。合致すれば捜査は一方通行の道路になる。起訴は絶対確実になる。ガスタフスンとレイエスは、犯人をつかまえたと信じたとたん、ハーシュタット以外のすべての捜査の道筋を捨ててしまった。

六番めの書類の山には、事件の時系列記録と殺害に関するその他の副次的報告書が入っており、検屍解剖報告書と、致命的攻撃が発生したとき公園にいた証人の供述書も含まれていた。六番めの山の書類は、捜査のほかの五つの道筋にすべて関係しているものだった。ボッシュはハーシュタット関連の道筋に関する書類をすでに選びだし、別にしていた。

現場周辺の防犯カメラの映像をおさめたディスクも何枚かあった。公園に向けられたカメラの映像も含まれていた。ボッシュは、ハーシュタット裁判の際にディスクに気づいていたが、今回はじめて全体を見直してみた。公園に設置されたどのカメラも、実際の殺害場面を捉えていなかった。カメラに映らない死角で発生していたからだ――地下の駐車施設を上り下りするためのエレベーターが入っている小さな建物の裏で起こっていた。開示手続きで渡されたほかのディスクには、二台のエレベーターと五階建て駐車場の内部の映像が含まれていたが、そこには容疑者はひとりも映っておらず、殺害時刻のエレベーターの乗降客すら映っていなかった。

公園のカメラはひとつのことに対して役に立った――殺害時刻をピンポイントで示したのだ。モンゴメリー判事は、朝食を終えたばかりで、グランド・アヴェニューの階段を下っているところが映っていた。ブロンドの髪の女性の六メートルあとを歩いていた。女性も裁判所の方向に向かっている様子で、ブラウスには名札がクリップ留めされているようだった。女性はエレベーター乗り場の裏へ歩いていき、モンゴメリーもそのあとにつづいた。数秒後、女性は姿を現し、裁判所のほうへ歩きつづけた。モンゴメリーはカメラに二度と映ることはなかった。彼を襲った犯人は、カメラの死角で待ち受けていたのだ。判事は刺され、犯人はエレベーター乗り場の死角を利用して、エレベーターの隣にある階段吹き抜けを使って、逃れたと思われていた。階段吹き抜けにはカメラは設置されていなかった。五階建ての駐車場のカメラは、設置位置がまずいか、紛失しているか、壊れて交換待ちだった。殺人犯は易々とカメラの網をすり抜けることができたのだ。

カメラ映像を操作し、ガスタフスンとレイエスは、モンゴメリーの前方を歩いていた女性の名札が、陪審員バッジであることを突き止めた。殺人事件のあった日の午後、レイエスは、裁判所の陪審員候補者控え室に赴き、呼ばれるのを待っている当該女性を見つけた。レイエスは彼女を裁判所のカフェテリアに連れだし、事情を聴取した。その女性はローリー・リー・ウェルズ、三十三歳、シャーマン・オークスに住む女優だった。だが、ボッシュが読んだ彼女の供述は、殺人事件のなんの手がかりも提供しなかった。ウェルズは、駐車場の建物から裁判所まで歩いているあいだ、ブルートゥースのイヤフォンをして、音楽を聴いていたのだ。エレベーター乗り場を通り過ぎる際、うしろで起こった物音をなにも聞いていなかった。刑事たちは証人としてウエルズに価値はないとみなした。

ボッシュの出発点は、ガスタフスンとレイエスがハーシュタットのＤＮＡ合致が判明するまえにたどっていた捜査の別の道筋だった。DNAに迷わされてしまうまえに、彼らが正しい道を通っていたかどうか、確かめる必要があった。

五つの道筋には、モンゴメリー判事が現在携わっていた民事訴訟二件と、最近彼が裁定を下した一件、刑事裁判を担当していた時代の二件が含まれていた。刑事裁判関係のものは有罪判決を受けた被告が判事を脅迫していた。民事裁判関係は、判事の下した裁定あるいは下そうとしている裁定に多額の金がかかっているものだった。

これから刑務所へ向かおうとしている犯罪者の脅迫は、たいてい虚仮威《こけおど》しである、というのがボッシュの経験だった。司法制度に押しつぶされ、自分たちを苦しめる者たちと認識する人々への空虚な復讐の誓いを投じる以外、なにもできない連中の最後のあがきだった。ボッシュは、巡査や刑事として何度も脅迫を受けたが、そういう発言をした人間がそれを実行したことは一度もなかった。

そこでボッシュは、まずモンゴメリー判事が刑事裁判の法壇にいた時代に受けた脅迫に関わるふたつの道筋に着手した。そちらのほうが可能性が高いと思ったからではなく、多額の金が絡んでいる事件のほうに集中するため、さっさと片づけたかったからだ。金はつねによりよい動機だった。

ボッシュは、ターンテーブルにチャールズ・ミンガスのカーネギー・ホールでのライブ録音を載せた。A面の「Cジャム・ブルース」二十四分バージョンを選ぶ。この一九七四年のコンサートは、アップテンポで、高いエネルギーがあり、ほとんど即興だった。まさに事件報告書を苦労しながら読んでいくのにボッシュが必要としているものだった。このコンサートは、ボッシュがテナーサックスのジョン・ハンディを好んでいることを含め、適切なグルーヴ感を与えてくれるのに役立った。

最初の脅迫事案は、元ガールフレンドの殺害で仮釈放なしの終身刑を宣告された男性に関わるものだった。元ガールフレンドは誘拐され、三日間拷問されたあげく、失血死した。裁判では、弁護側に対して判事が論議を呼ぶ決定に携わったような問題は発生しなかった模様だ。容疑者のリチャード・カークは、ナイフやその他の道具を所持していたとして逮捕されていた。それらの凶器類は被害者の負った傷と法医学的に結びついた。また、カークは拷問／殺害がおこなわれた倉庫を借りてもいた。カークが懲役刑の判決を受けた一ヵ月後、判事は、刃渡り十五センチの刃物で腸を抜かれ、〝と畜された豚のように失血死〟するだろうと主張する匿名の手紙を受け取った。署名はなかったが、リチャード・カークである特徴が記されていた。彼は拷問の多くを刃渡り十五センチの刃物でおこなっていた。

モンゴメリー判事は腸を抜かれてはいなかったが、右腋窩の血管が集中している箇所を三回刺されていた。刑務所スタイルの刺突だ——ナイフですばやく三度刺す。

脅迫状が届くと、保安官事務所の捜査が開始され、匿名の手紙に貼られていた切手に付いていた指紋は、カークの弁護士のところで働いていた法律従事者のものであるのがわかった。その事実を突きつけられ、刑事弁護士は、控訴の話し合いをするため、依頼人に面会にいった際にカークからその手紙を受け取ったことを認めた。刑事弁護士は、その手紙は封をしてあったので中身はけっして読んでいないと言った。たんに事務所のスタッフに渡して発送させただけだという。その捜査の結果、カークは一年間独房に閉じこめられることになり、弁護士はカリフォルニア州法曹協会からこっそり懲戒処分を受けた。

その事案により、モンゴメリー殺人事件を捜査している刑事たちの目にカークが留まった。レイエスはカークの刑務所での知り合いで近年釈放された者のリストを要求した。その見立ては、仮釈放されることになっている囚人仲間にどうにかして金を払って、モンゴメリーを暗殺させたというものだった。リストには、モンゴメリー刺殺の一ヵ月まえにロサンジェルスに仮釈放されたただひとりの男が載っていた。男は事情聴取され、住まねばならないことになっている社会復帰訓練施設の防犯カメラによって、アリバイが証明された。ガスタフスンは、ハーシュタットが第一容疑者になったとたん、その捜査をそれ以上先に進めなかった。

ボッシュは立ち上がり、レコードをひっくり返した。ミンガスがまとめたバンドは、「ペルディード」という曲の演奏をはじめた。ボッシュはアルバムのカバーを手に取り、じっくり眺めた。ミンガスの三枚の写真が掲載されている。大きな腕がベースに回されているが、どの写真も顔を完全には見せていなかった。一枚のショットでは、カメラに背を向けている。ボッシュがそれに気づいたのははじめてであり、興味深いことだった。レコード棚に向かい、ほかのミンガスのアルバムをめくってみた。ほぼすべてのアルバムがはっきりとミンガスの顔を写していた。葉巻に火を点けていたり、吸っていたりするカバーも三枚あった。彼は人生において、あるいはほかのアルバムのカバーでは、シャイではなかった。カーネギー・ホールのアルバム写真は謎だった。

ボッシュは仕事に戻り、モンゴメリーの法律家としての経歴のなかで刑事裁判側にいたときに受けた二番めの脅迫に移った。それはモンゴメリー判事が陪審への指示で犯したミスのせいでその裁定が控訴審で覆され、あらたな審理が命じられた事件に関わるものだった。

被告はトーマス・オリーリ。コカイン所持で二度逮捕されたことにより有罪判決を受けた弁護士だった。ガスタフスンの事件要約によれば、オリーリは、囮《おとり》捜査に引っかかった。麻薬密売人に扮装《ふんそう》した保安官補がオリーリに弁護の依頼をし、三度の弁護機会の報酬を相当量のコカインで支払ったのだった。覆面カーのカメラがオリーリがドラッグを受け取る場面を記録していた。裁判でオリーリは自分がドラッグを受け取ったことは認めたが、それまでに弁護報酬代わりに麻薬を受け取ったことは一度もないと主張して、罠《わな》の抗弁を展開した。また、保安官事務所の麻薬取締課によって逮捕されたほかの事件の注目を集めている依頼人の弁護をおこなっていることへの報復として州政府が自分を標的にしているとも主張した。オリーリの論旨は、囮捜査の保安官補に説得されるまで、そのような形で法を破るような気持ちにならなかった、というものだった。

罠の抗弁に関してモンゴメリー判事が陪審に与えた指示の一部は、もし最初の事案でオリーリが罪を犯す気持ちになっていなかったと陪審が判断したのなら、オリーリを有罪にすることはできない、というものだった。モンゴメリーは弁護側の要求した、もしオリーリが最初の事案で有罪でないなら、次の二件は、本質的に初犯の結果であることから、次の二件でも有罪にすることはできないという指示を陪審に与えることを認めないというミスを犯した。

陪審は一件めはオリーリを無罪と見なしたが、次の二件では有罪と見なし、モンゴメリーはオリーリに懲役十一年の刑を科した。一年以上が経過して、控訴審はオリーリの主張を認める裁定を下し、保釈金を払ったうえで釈放することを認め、新しい裁判を受けるよう命じた。地区検事局はこの事件の二度目の追及をおこなわないと決定し、オリーリに対する告発は取り下げられた。そのころには、オリーリは弁護士資格を剝奪され、妻に離婚を言い渡されていた。彼は法律事務所の弁護助手として働いていた。告発が取り下げられ、公訴が棄却される最後の審理で、オリーリはモンゴメリーに食ってかかり、明確に暴力で脅迫するのではないが、自分のキャリアと結婚生活と老後の蓄えを台無しにするミスを犯した報いを判事がいつか受けるだろう、と法廷で罵った。

ガスタフスンとレイエスはオリーリを調べ、アリバイを確認した。殺人がおこった同時刻、オリーリの働いていた法律事務所の従業員ＩＤによって、彼は事務所の入っている建物の防犯出入り口に記録されていた。出入り口には防犯カメラが設置されていなかったので、完璧なアリバイとはいえない。だが、ガスタフスンとレイエスは、ハーシュタットがナンバーワンの容疑者になったあとでは、その先を追及することはなかった。

ボッシュはメモ帳にいくつかメモを書きつけた――これらの道筋の両方をたどる方法に関するアイデアを。だが、カークもオリーリも、たとえどれほどモンゴメリーに対して腹を立てていたにせよ、殺人事件を起こすほどではない、とボッシュの勘が告げていた。ほかの三つの道筋に取りかかり、そちらのほうが脈がありそうなのかどうか確認したいと思った。

ボッシュはテーブルから立ち上がり、ふたたび没頭するまえに少し歩いた。座っている姿勢を長く保ちすぎて、膝が強《こわ》ばっていた。自宅の裏のデッキに出て、カーウェンガ・パスの景色を眺めた。まだ午後も半ばだったが、眼下のフリーウェイは上りも下りも動きが鈍く、渋滞していた。午前中ぶっとおしで働いていたことに気づく。腹が空いていたが、丘を下り、昼食兼夕食になるだろうものを買ってくるまであと一時間は事件に費やそうと決めた。

家のなかに戻ると、音楽は止まっており、ボッシュは勢いを維持させてくれるあらたな音楽を選ぼうとレコード棚に向かった。バンドを統率する強いベースの曲を続けようと決め、ロン・カーターのアルバムをめくりはじめた。

玄関の呼び鈴に作業を中断された。

27

バラードが戸口にいた。

「手を貸してほしいの」バラードは言った。

ボッシュはうしろに下がり、彼女をなかに通した。バラードのあとから室内に戻ると、彼女が肩にバックパックをかけているのに気づいた。バラードはダイニングルームのテーブルのかたわらを通り過ぎたおりに、バラバラにわけて積まれた書類を見下ろした。

「これってモンゴメリー事件の？」バラードは訊いた。

「ああ、まあ、そうだ」ボッシュは言った。「開示手続きで殺人事件調書のコピーを入手した。おれはたんにほかの可能性を――」

「すごいな、じゃあ、ここでそれに取り組んでいるんだ」

「ほかにどこでおれが――」

「いえ、それはいいことよ。あなたにここで手伝ってもらいたいの」

バラードはそわそわして、昂奮しているようだった。シフトがあけてから眠ったんだろうか、とボッシュは思った。

「ここでとはどういうことだ、レネイ？」ボッシュは訊いた。

「わたしができないときに盗聴をモニターしてもらいたいの」バラードは言った。「ノートパソコンにそのためのソフトを入れているので、ここに置いていける」

ボッシュは考えをまとめてから、返事をした。

「ヒルトン事件がらみなのか？」ボッシュは訊いた。

「ええ、もちろん」バラードは答える。「わたしたちの事件。モンゴメリーの事件を調べていていいけど、電話かメールの着信があったら、ノートパソコンにアラートが鳴るので、それをモニターしてくれればいい。モニターしているあいだあなたにはほかにやることがあるから、都合がいいでしょう」

バラードはテーブルの上に広がっている書類束を指し示した。

「レネイ？」ボッシュは訊いた。「合法的な盗聴なのか？」

バラードは笑い声を上げた。

「もちろん」バラードは答えた。「けさ、捜索令状にサインしてもらった。それから二時間かけて、プロバイダーに設定させた——固定電話と携帯電話に。テキスト・メッセージも含めて。それから科捜研にいって、ノートパソコンにソフトをインストールしてもらったの」

「このためにビリー・ソーントンのところにいったのか？」ボッシュは訊いた。

「ええ、第一〇七号法廷に。それがなにか、ハリー？」

「市警の承認がないと、あの判事はこんなことにサインしないはずだ。この事件はおれたちが調べている事件だと思っていた。いまは幹部がそれを知っているのか？」

「警部にサインさせたけど、彼はわたしたちにとって問題にならない」

「警部とは、だれだ？」

「オリバス」

「なんだと？」

「ハリー、あなたが知っておく必要があるのは、これが合法的盗聴だということだけ。問題なく調べられる」

「ビリーは壁にまだジャズの写真を飾っていたかい？」

「まいったな、わたしの話を信じていないんでしょ？　ベン・ウェブスターだった、〝野獣と美女〟《ザ・ブルート・アンド・ザ・ビューティ》。それでいい？　それでいい？」

「ザ・ビューティフルだ」

「なに？」

「ウェブスターだ──彼は〝ザ・ブルート・アンド・ザ・ビューティフル〟と呼ばれていた」

「なんとでも。満足した？」

「ああ、オーケイ、満足した」

「わたしが捜索令状を偽造するような人間だとあなたが思っているのが信じられない」

ボッシュは話題を変える必要があるとわかった。

「で、オリバスはいつ警部に昇進したんだ？」

「年数が足りただけ」

ボッシュはオリバスが市警におけるバラードの天敵だと知っていた──そしてバラードもオリバスの天敵である、と。どうやってバラードがオリバスに令状申請書にサインさせたのか知りたくない、とボッシュは判断した。彼女にそれを訊ねれば、ふたりのあいだにあらたな亀裂を生じさせかねない。

「で、盗聴を前回おこなってからずいぶん時間が経っているんだ」訊ねるかわりに、ボッシュは言った。「昔は、商工会議所にある盗聴ルームに出かけなきゃならなかった。ここでモニターできると言ったよな？」

「完璧に」バラードは言った。「全部ノートパソコンでこなせる」

ボッシュはうなずいた。

「で、だれに耳を傾けるんだ？」ボッシュは訊いた。

「エルヴィン・キッド」バラードは言った。「あしたからはじめる。あなたには仕組みを把握して、慣れてもらいたい。あしたの朝わたしのシフトが終わったら、リアルトに出かけて、彼に揺さぶりをかける。そのあとで彼が電話に飛びつき、サウスＬＡの昔なじみに電話するか、メールを打つかしてくれればありがたい。わたしたちは許可を得、彼を逮捕しにいく」

ボッシュは再度うなずいた。

「腹は空いていないか？」

「ペコペコ」バラードは答えた。

「けっこう。なにか食べにいき、この件をちゃんと話し合おう。きみが最後に寝たのはいつだ？」

「覚えていない。だけど、取り決めをしたよね、覚えてる？」

「ああ」

ボッシュが運転した。ふたりは丘を下り、フリーウェイ101号線を横切って、バーハム大通りに入り、ワーナー・ブラザーズ・スタジオのそばの〈スモーク・ハウス〉にやってきた。バラードはこのまえのシフトの食事休憩以来なにも口にしていないと言った。彼女は、ステーキとベイクドポテト、シェアするつもりのガーリック・トーストを注文した。ボッシュはグリルチキン入りサラダを注文した。バラードはバックパックをレストランに持ちこんでおり、料理が届くのを待つあいだ、ボッシュに捜査の最新状況を伝え、ヒルトンの元ルームメイト、ネイサン・ブラジルへの聴取について詳しく説明した。その聴取によって、ヒルトンがゲイであり、手に入れがたい男に恋をしていたことが確認された。

「すべてはキッドにつながっているの」バラードは言った。「あの路地を縄張りにしていたのは彼だし、彼が全員を路地から追い払い、ヒルトンと会う設定をし、処刑した」

「で、動機は？」ボッシュは訊いた。

「自尊心。キッドはのぼせ上がった坊やに自分の評判を脅かされるわけにはいかなかった。あなたの持っている殺人事件調書に入っていた通話記録を見たでしょ？」

「ああ、だが、ざっと目を通しただけだ」

「ヒルトンのアパートの固定電話から、サウスセントラル地区のある公衆電話に何度か電話がかけられている。スロースン・アヴェニューとクレンショー大通りの交差点にあるショッピング・プラザの公衆電話だった。ローリング・シクスティーズの縄張りのど真ん中。もともとの捜査員たちはそれに関してなにも調べていない。売人がらみの電話だと考えたんでしょう。だけど、ヒルトンがキッドに連絡したのか、あるいは彼に連絡をつけようとしたんだとわたしは考えている。そしてそれがキッドにとって問題になってきたんだ、と」

ボッシュは座り直し、バラードの見立てを検討していると、料理が届いた。ウエイターが立ち去ると、ボッシュは話をまとめた。

「禁じられた恋」ボッシュは言った。「刑務所では恋人同士、だが、娑婆《しゃば》ではキッドの立場と権力への脅威になった。そのせいで自分は追放されるかもしれない――ひょっとしたら殺される可能性すらあった」

バラードはうなずいた。

「一九九〇年か？」バラードは言った。「ギャングの街では受け入れられなかっただろうな」

「いまでも受け入れられないだろう」ボッシュは言った。「おれが辞める数年まえに、ある隠れ家を急襲する捜索令状を執行したところ、グレープ・ストリート出身の男が別の男とベッドにいっしょに入っていたところをつかまえたという話を聞いた。警察はその事実を盾に取って、五分足らずでその男を内通者に転向させた。頭の上に五年間の刑期を垂らすよりもずっと大きな影響力をもたらした。必要があれば、勤めをこなし、出所すれば幹部になれる、と連中はわかっている。だが、だれもギャングのなかでゲイの評判は立てられたくない。いったんその評判が立てば、身の破滅だ」

ふたりは食事をはじめた。ふたりともとても空腹であり、話すのをやめた。ボッシュは、黙っているあいだにすべてを自分のフィルターに通し、飢えが檻《おり》に押し戻されると、口をひらいた。

「で、あしただが」ボッシュは言った。「どうやってキッドのボタンを押すつもりなんだ?」

「ひとつには、自宅でキッドをつかまえたいと思っている」バラードはステーキの最後の一口をまだほおばったままで答えた。「キッドはいま結婚しており、事業を妻の名前で登録している。ヒルトンと彼らの昔の関係のことをわたしが言いだしたら、キッドがパニックに陥ってくれるんじゃないかな。キッドの妻が夫のゲイ関係のことを知っているとは思わない。わたしにはあの手帳がある。あの絵を見せはじめたら、キッドはめちゃくちゃ心配するんでは」

「だけど、どうやってキッドに電話をかけさせる？　夫婦間に爆弾を落とそうとしているだけだろ」

「じゃあ、あなたにはどんな案があるの？」

「まだ、わからん。だけど、きみはその件をギャングに結びつける必要がある」

「その点は考えてみたけど、そうするとディナード・ドーシーにリスクが生じてしまう。ドーシーは、男性中央拘置所のローリング・シクスティーズが収容されている棟にいま入っている。もしキッドがそこにいるだれかに連絡したら、ドーシーが大変なトラブルに陥ってしまう」

「別のスキームを考えないとダメだな。ドーシーは使うな」

「ドーシーといっしょにあの界隈《かいわい》で働いていた別の人間が殺人事件調書に載っていた──ヴィンセント・ピルキー。だけど、彼は何年もまえに亡くなっている」

「それはキッドがサウスセントラル地区を離れたあとの話だろ？　キッドはピルキーが死んだことを知っていると思うか？」

バラードは肩をすくめ、ガーリック・トーストに食らいついた。

「なんとも言えないな」バラードは答えた。「ピルキーの名前を使うのは、リスキーなことになりかねない。キッドは計略を見破るかもしれない」

「そうかもしれんな」ボッシュは同意した。

ボッシュはバラードがトーストを食べている様子を眺めた。バラードはくたびれはてているように見えた。ゴミ箱にピザの食べさしを見つけたホームレスのようだ。

「応援なしでそこにいくことになると思うんだが」ボッシュは言った。「この件にはあなたとわたしだけしかおらず、あなたには電話を受け持ってもらわないと」

「応援はいない」バラードは言った。「この件にはあなたとわたしだけしかおらず、

「おれがそばにいるというのはどうだろう？　Ｗｉ‐Ｆｉのあるどこかに。きみがどこへいこうと近くに〈スターバックス〉はあるはずだ。あるいは、おれの携帯電話をホットスポットにする方法を教えてくれればいい。マディがそうしている」

「リスクが高すぎる。電波を捉えられなくなったら、そのあいだにかかってきたりかけたりした通話を全部逃してしまう。わたしは大丈夫。入って出るだけの作戦行動。わたしは入っていき、火を点け、出てくる。するとキッドは――願わくは――電話をかけはじめる。ひょっとしたらショートメッセージを送りはじめるかも」

「どうやってきみが火を点けるのかがまだ課題のままだ」

「わたしは未解決事件捜査をおこなっており、この事件の担当になり、事件当日、キッドが聴取されていないのを資料で見て知った、と率直にキッドに伝えてみようかと思う。事件当時、あなたにたいへんよく似ている発砲犯の人相風体を証言した証人がいたのだと、言ってみる。キッドは否定に否定を重ねる。わたしは立ち去る。賭けてもいいけど、その証人が何者なのか突き止めようとして、電話に飛びつくと思う」

ボッシュはその提案について考え、うまくいくだろうと判断した。

「オーケイ」ボッシュは言った。「いいだろう」

だが、ボッシュは、そのような計画なら、バラードの準備状況に関して一言忠告しておかねばならない、とわかっていた。

「あのな、おれたちが取り決めをしたのはわかっているが、いまリスクのきわめて高い動きの話をしており、きみはきちんと準備を整えておかねばならない」ボッシュは言った。「だから、これは言わなければならん――きみは疲れているようだ――そして、この作戦を実行するには、疲れていてはならない。準備ができるまで、この作戦を延期すべきだと思う」

「わたしは準備ができている」バラードは抗議した。「それに延期はできない。七十二時間の期限付き盗聴なの。判事が認めてくれた時間はそれだけ。サービス・プロバイダーが信号を送りはじめるとすぐにカウントがはじまる——きょうの終わりにそれがはじまると見られている。だから、この盗聴期間は三日間。それを延期はできない」

「わかった、わかった。では、今晩、病欠にして、眠ればいい」

「それもするつもりはない。わたしはレイトショーで必要とされているし、その時間帯に通報してくる人たちを見捨てるつもりはない」

「わかった、じゃあ、うちに戻ろう。きみが使える予備の部屋がある。今夜、働きに出かける時間まで、ベッドの上で眠るんだ。砂の上じゃなく」

「いえ。やらなきゃならないことがたくさんある」

「となると、非常に残念だ。きみはこいつが安全だと考えている。もはやギャングのなかにいないことになっているからという理由で。だが、この男は安全じゃない——危険だ。それに段取りに問題があると思ったら、おれはなにもモニターする気はない」

「ハリー、あなたは過剰に反応している」

「いや、おれは過剰に反応していない。そして、現時点で、問題があるとおれが考えているのは、きみだ。睡眠不足はミスにつながる。ときには致命的なミスに。おれはそれに加担する気はない」

「ねえ、あなたが言ってくれることはありがたいけど、わたしはあなたの娘じゃない」

「きみが娘でないことはわかっているし、それとこれとは関係ない。だが、おれが言ったことに変わりはない。きみは来客用寝室を使うか、さもなきゃオリバスにおれの代わりに盗聴を受け持ってもらうかだ」

「けっこう。寝ます。だけどこのガーリック・トーストを持っていきたい」

「お好きなように」

ボッシュは会計を済ますためウエイターの姿を探した。

28

バラードが眠っているあいだにボッシュはモンゴメリー判事の事件に戻った。バラードの邪魔をしないよう、音楽を切った。いつ彼女が起きてくるかわからなかったので、ボッシュは見直す必要がある残りの三件に関係する書類のうち、もっとも低い山を調べることにした。それらはモンゴメリー判事が人生の最後の二年間に担当した民事訴訟で作成された書類だった。

最も低い山は、実際には、ハイブリッドな訴訟だった——刑事と民事両方の判事を巻きこんだものだった。ジョン・プロクターという名の男が、女性を意図的に轢き逃げしたとして有罪になった殺人事件ではじまった。酒をおごり、話しかけようとするプロクターの度重なる試みを拒絶した女性がバーバンクのバーを出て自分の車まで歩いているところを轢かれたのだ。

裁判ではプロクターはクレイトン・マンリーという名の弁護士に弁護されていた。

有罪判決のあと、プロクターはマンリーを首にし、控訴を扱わせるためジョージ・グレイスンという名の弁護士を雇った。プロクターの刑の宣告に先立って、グレイスンは、弁護人による効果のない支援を根拠に、裁判のやり直しを要求する申し立てをおこなった。貧弱な弁護活動を根拠に裁判のやり直しを要求するのは、よくあるかけひきだった。めったに成功しなかったが。だが、この事件の場合、その議論にはメリットがあった。その申し立てでは、マンリーが裁判の準備において失敗した数々のことを並べ立てた。被害者は死亡当時、つらい離婚協議のさなかであり、別居中の夫は家庭内暴力で二度逮捕されているという事実に基づいて、第三者に責任があるという弁護を検討しなかったことを含め。

控訴要求では、初審においてマンリーが検察側証人に適切な質問をしなかったり、検察官の証人訊問に異議を唱えることを判事に促されざるをえなかった複数の機会も根拠に含まれていた。初審中、法廷に陪審がいない際に二度、モンゴメリー判事は、マンリーの貧弱な弁護ぶりを強く叱責し、一度は、本件に対する集中力の低下をもたらすようななんらかの医療措置をあなたは受けているのか、と直接マンリーに訊ねすらした。

マンリーはマイケルスン＆ミッチェルというダウンタウンにある法律事務所で働い

ており、同事務所がこの事件を引き受け、マンリーに対応するよう任せた。ほかにも事務所の刑事事件を扱っていたが、今回の事件がマンリーの担当するはじめての殺人事件だった。

百回に一回の決定により、モンゴメリーは裁判のやり直しを命じ、プロクターに予定されていた刑の宣告手続きに対する自分の決心を明らかにした。公開法廷で、モンゴメリーは、マンリーがその怠慢と不作為で、本件を台無しにしてしまったというグレイスンの主張に賛同した。宣告手続きを中断し、裁判のやり直しを命じることで、モンゴメリーは、マンリーの弁護ぶりに対する見解を記録に残し、数多くのミスを犯したとして弁護人を厳しく非難して、自分の法廷で将来事件を担当することを禁じた。

ロサンジェルス・タイムズのひとりの記者が法廷にいた。犯行の性質から、マスコミの大きな関心を呼んでいる事件の宣告手続きに関する報道をするためにその場にいた。ところが、記者はマンリーについての記事を載せた。翌日発行された新聞紙上で、モンゴメリー判事の手厳しい文言の多くが引用された。マンリーはすぐに裁判所において罪をなすりつけられる格好の存在となった。ほどなくして、彼は〝男らしくない《アンマンリー》〟というあだ名を頂戴した。

やりなおし裁判で、陪審は、ジョン・プロクターに無罪の評決を言い渡した。この事件では、ほかにだれも殺人の罪で有罪になった者はいなかった。

ほどなくしてモンゴメリーは裁判所長から民事法廷に異動を命じられ、自分自身も民事訴訟に巻きこまれた。クレイトン・マンリーがモンゴメリー判事を名誉毀損で訴えたのだ。モンゴメリーが法廷でおこない、マスコミによってその後広まった〝不公正で不正直〟な意見表明による損害賠償を求めた。マンリーは、訴えのなかで、モンゴメリーが自分を裁判所ののけ者に変え、キャリアを台無しにしたと主張した。自分はまだマイケルスン＆ミッチェルで働いているが、プロクター事件以来、もはや刑事事件を任されていないし、どんな立場でも法廷に姿を現していない、と言った。

その訴えは、判事の裁定と、法廷における意見の表明は、表現の自由を認める憲法修正第一条によって守られているだけでなく、法廷における公平不羈《ふき》の裁判権のため神聖にして侵すべからざるものであるという根拠に基づき、すぐに棄却された。マンリーはその裁定を不服として抗告したが、上のクラスの法廷も同様に二度訴えを退け、最終的にマンリーはこの件の訴訟を諦めた。

それで一件落着だったのだが、その一年後、モンゴメリーが殺害されたとき、判事の敵の可能性がある人物はだれなのかと刑事に訊かれて、彼の書記官はクレイトン・

マンリーという名前を口にした。ガスタフスンとレイエスは、それが調べる価値のある情報だと考え、プロクター事件に関するあらゆる事柄を見直しはじめた。彼らは次の段階に進めるほど充分な資料に目を通していた――レイエスは、マンリー自身の弁護士、ウイリアム・マイケルスンとともに、マンリーのオフィスで事情聴取をおこなった。マンリーは殺害事件の起こった午前中の鉄壁のアリバイを提供した。彼は妻とともにハワイで休暇を取っており、ラナイ島のリゾートにいた。マンリーは刑事たちに搭乗券とホテルおよびレストランの領収書、おまけにモンゴメリーが殺害された日にチャーターした釣り船で撮影したｉＰｈｏｎｅの写真まで提供した。また、マンリーが何千キロも離れたハワイにいることを知っているので彼に連絡してきた友人や知人の電子メールの写しも差しだした。そのなかには、殺人事件をマンリーに伝えてきたマイケルスンからの電子メールも含まれていた。

マンリーの事情聴取は、ＤＮＡ検査がハーシュタットとの合致を伴って戻ってくる一週間まえにおこなわれた。それがマンリー関係の書類の山がもっとも低い理由を説明している。刑事たちは、マンリーの事件関与の否定とアリバイの成立を受け入れたようだった。

それでも、マンリー関係のなにかがボッシュに引っかかった。時系列記録には、マンリーの事情聴取が事前に設定されていたという記述はなかった。もちろん、そういうのは、まずい形になったはずだった。通常、捜査員たちは事前の警告なく対象者にアプローチする。質問に対して、事前に用意された供述を得るよりも、ぶっつけ本番の答えを得るほうがいいのだ。それは殺人事件捜査の基本原則だった――やつらに近づいていくのを見せるな。

だが、レイエスがマンリーと話をしにいくと事前に警告したことを示唆するものは書類に記載されていないにもかかわらず、マンリーは事情聴取の準備を整えていたようだ――彼は自身の弁護士を同席させ、引き渡す用意ができているアリバイ証明の書類を揃えていた。それがレイエスあるいはガスタフスンには引っかからなかったのだろうか、とボッシュは不思議に思った。なぜなら、ボッシュには引っかかったからだ。

なるほど、マンリーはモンゴメリーと延々と揉めていた。ゆえに、警察が自分と話したがるだろうと推測することができた。そこはボッシュには疑わしく思えなかった。弁護士を同席させるのも、片方の眉を上げていぶかしく思うほどではない。結局のところ、法律事務所に勤めているのだから。だが、詳しすぎるアリバイがもっともボッシュに引っかかった。鉄壁のようだった。モンゴメリーがＬＡで刺殺される数分まえのデジタル・タイムスタンプ付きのハワイでの写真を提供するところまで。ボッシュの経験では、アリバイは――たとえ真正のものでさえ――鉄壁であることはめったになかった。そのことが事前に仕組んだもののようにボッシュには感じられた。まるでマンリーはいつ自分がアリバイを必要とするのか正確に知っていたかのようだ。ガスタフスンとレイエスはおなじようには感じなかったらしい。一週間後、DNA報告が到着すると彼らはマンリーを検討対象から外した。直接のDNA合致が別の容疑者を浮かび上がらせたとしても自分なら外さなかっただろう、とボッシュは思った。

ボッシュはメモ帳にひとつのメモを記した。一語だけだった――マンリー。目を通してきた先のふたつの捜査の道筋は捨ててもかまわないと思ったが、マンリーはさらなる追跡検討を必要とする、と感じた。

ボッシュはテーブルから腰を上げ、膝のこわばりをほぐそうと動かした。玄関ドアの横の隅に立てかけてあった杖をつかむと、短い散歩に出かけ、一ブロック分丘を登ってから引き返した。膝はこわばりがほぐれ、かなりふんばりがきくように思えた。あと数日すれば杖を完全に手放すことができるだろうと期待した。

家のなかに戻ると、先ほどまで作業していたテーブルにバラードが座っているのが目に入った。

「マンリーってだれ？」バラードが訊いた。

「ただの男だ。ひょっとしたら容疑者かもしれん」ボッシュは言った。「二、三時間は寝ているんだと思ってたが」

「その必要はない。リフレッシュされた気がする。ベッドで二時間眠るのは、砂の上で五時間眠る分の価値がある」

「そんな生活をいつやめるつもりだ？」

「わからない。水のそばにいるのが好きなの。海の水があらゆるものを癒やしてくれる、と父がよく言ってた」

「癒やしを求めるなら、ほかにも方法はある。いまはリ、フ、レ、ッ、シ、ュ、されているかもしれないが、あすの朝、キッドと対峙《たいじ》するために出かけるころには、クタクタになっているだろう」

「大丈夫よ。いつもこうしているから」

「それでは安心できないな。もしきみが必要とするなら、おれが応援を手配できるようなんらかの合図を考えだす必要がある。きみが単独でいくのは、馬鹿げている」

「わたしは毎晩単独で働いている。これはなにも目新しいことじゃない」

ボッシュは首を横に振った。まだ、安心できなかった。

「あのね」バラードは言った。「いまからやりたいのは、あなたにソフトウェアの使い方を教えることなの。わたしがあそこに出かけて、あいつをビビらせたあと、あなたがわたしのノートパソコンであらゆるやりとりをモニターできるように。あしたの朝、あそこに出かけるまえに、ここに立ち寄り、ノートパソコンを預けるわ」

「おれのコンピュータに移し替えるだけじゃだめなのか？」ボッシュは訊いた。

「無理ね。このパソコン専用に特化されている。だけど、万事アップトゥデートするのに、数分しかかからないわ。あなたが守旧派で、こういうふうにやったことがないのはわかっているけど」

「いいから教えてくれ」

ボッシュはバラードが隣に座れるようにテーブルのスペースを片づけた。バラードは盗聴プログラムを起ち上げた。

「ああ、よかった、もうつながってる」バラードは言った。「盗聴はすでにはじまってる」

「ということは、七十二時間の時計がすでに動きはじめているんだ」ボッシュは言った。

「そのとおり。でも、もちろん、きょうは価値のあるものはなにも出てこない。キッドは自分が捜査されていることすら知らないんだから」

バラードはソフトウエアの使い方をボッシュに教えた。エルヴィン・キッドの携帯電話と固定電話それぞれに別のアラーム音を設定しており、電話がかかってきたり、かけたりすればいつでも音が鳴るようになっていた。テキスト・メッセージの出入りを表す三番めのアラーム音もあった。バラードは聴取のルールを繰り返した。法に従い、警察は、個人的通話の聴取を禁じられていた。もし捜索令状に相当の理由の項目として文書化されている犯罪に関するものではない通話であれば、聴取担当者はスピーカーを切らねばならないのだが、ただ進行中の会話が個人的な性質を持つものであることを確認するため、三十秒おきに短時間確認することは認められていた。

このソフトウエアは、ライブでモニターされているもののみを記録する。聴取者が聞いていない通話は記録されないのである。これが盗聴が二十四時間ぶっ通しのモニタリングを必要とする理由だった。ボッシュが最後に盗聴を要する事件に関わってから少なくとも十年は経っていた。ソフトウエアは最新のものだったが、ルールは変わっていなかった。ボッシュはバラードに万事理解した、と告げた。

「おれがもう警官ではないという事実はどうなる？」ボッシュは訊いた。「きみがあいつをビビらせにいき、おれがここでひとりきりで座っているあいだになにかいい情報がもたらされたとしたら?」

「あなたはまだサンフェルナンド市警の予備警官なんじゃないの?」バラードは訊いた。

ロス市警を去ってから、ボッシュはヴァレー地区にある小さな都市の警察で予備警官として契約し、未解決事件に取り組むことにした。だが、そこでの在職権は、事件に関して、ボッシュがあまりにも多くの手続き無視をしていると非難され、ほぼ一年まえに終了していた。

「まあ、ある意味では」ボッシュは言った。「おれが取り組んでいた事件のなかで法廷にたどり着いていないものがまだ二件あるので、おれのバッジを取り上げるには至っていないんだ。証言しなければならないときにおれがバッジを持ち、予備警官でいることを検察官が望んでいる。だから、厳密に言うと、ああ、おれは予備警官だ。だけど、実際には——」

「問題ない。あなたはバッジを持っている。予備警官は、正規警察官でもある。われわれは大丈夫。あなたは盗聴ができる」

「わかった」

「で、わたしはあしたの朝、ここに立ち寄り、あなたにこれを預け、あなたは仕事をしているあいだ、ソフトを起ち上げっぱなしにする。いずれかのアラーム音が聞こえたら、聴取をはじめ、どんな種類の電話なのか確認するまで録音する」

「で、きみはキッドの家に入っていく直前におれに連絡する」

「わかった」

「それから出たときもだ。問題なく出たときに」

「了解。心配しなくていい」

「だれかが心配するんだ。リアルト市警の制服警官を応援に使うのはどうだ？　きみが家のなかに入っているあいだ、外で待機させる」

「あなたがどうしてもというなら、そうする」

「どうしてもだ」

「わかった、途中で連絡し、一台まわしてくれるかどうか確認する」

「けっこう」

それでボッシュはすべての面で気が楽になった。あとはただあしたの朝、バラードがやると言ったことを実際にやるのか確認するだけですむ。

バラードはノートパソコンに手を伸ばし、蓋を閉めようとしたが、そのとき、彼女がプログラムしたアラーム音のひとつが鳴った。

「ああ、電話がかかってきた」バラードは言った。「どういうふうにソフトが反応するのか、見てみましょう」

バラードはタッチスクリーンに手を伸ばし、カーソルを録音ボタンにスライドさせた。男の声が電話に応じるのが聞こえた。

「もしもし？」

（下巻へつづく）

|著者| マイクル・コナリー　1956年、フィラデルフィア生まれ。フロリダ大学を卒業し、新聞社でジャーナリストとして働く。手がけた記事がピュリッツァー賞の最終選考まで残り、ロサンジェルス・タイムズ紙に引き抜かれる。「当代最高のハードボイルド」といわれるハリー・ボッシュ・シリーズは二転三転する巧緻なプロットで人気を博している。著書は『暗く聖なる夜』『天使と罪の街』『終決者たち』『リンカーン弁護士』『真鍮の評決　リンカーン弁護士』『判決破棄　リンカーン弁護士』『スケアクロウ』『ナイン・ドラゴンズ』『証言拒否　リンカーン弁護士』『転落の街』『ブラックボックス』『罪責の神々　リンカーン弁護士』『燃える部屋』『贖罪の街』『訣別』『レイトショー』『汚名』『素晴らしき世界』など。

|訳者| 古沢嘉通　1958年、北海道生まれ。大阪外国語大学デンマーク語科卒業。コナリー邦訳作品の大半を翻訳しているほか、プリースト『双生児』『夢幻諸島から』『隣接界』、リュウ『紙の動物園』『母の記憶に』『生まれ変わり』(以上、早川書房)など翻訳書多数。

鬼火《おにび》(上)

マイクル・コナリー | 古沢嘉通《ふるさわよしみち》 訳

講談社文庫
定価はカバーに
表示してあります

2021年7月15日第1刷発行

KODANSHA

発行者——鈴木章一
発行所——株式会社　講談社
東京都文京区音羽2-12-21　〒112-8001
電話　出版　(03) 5395-3510
　　　販売　(03) 5395-5817
　　　業務　(03) 5395-3615

Printed in Japan

デザイン—菊地信義
本文データ制作—講談社デジタル製作
印刷———大日本印刷株式会社
製本———大日本印刷株式会社

ISBN978-4-06-523958-2

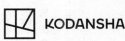

講談社文庫刊行の辞

二十一世紀の到来を目睫に望みながら、われわれはいま、人類史上かつて例を見ない巨大な転換期をむかえようとしている。

世界も、日本も、激動の予兆に対する期待とおののきを内に蔵して、未知の時代に歩み入ろうとしている。このときにあたり、創業の人野間清治の「ナショナル・エデュケイター」への志を現代に甦らせようと意図して、われわれはここに古今の文芸作品はいうまでもなく、ひろく人文・社会・自然の諸科学から東西の名著を網羅する、新しい綜合文庫の発刊を決意した。

激動の転換期はまた断絶の時代である。われわれは戦後二十五年間の出版文化のありかたへの深い反省をこめて、この断絶の時代にあえて人間的な持続を求めようとする。いたずらに浮薄な商業主義のあだ花を追い求めることなく、長期にわたって良書に生命をあたえようとつとめるところにしか、今後の出版文化の真の繁栄はあり得ないと信じるからである。

同時にわれわれはこの綜合文庫の刊行を通じて、人文・社会・自然の諸科学が、結局人間の学にほかならないことを立証しようと願っている。かつて知識とは、「汝自身を知る」ことにつきていた。現代社会の瑣末な情報の氾濫のなかから、力強い知識の源泉を掘り起し、技術文明のただなかに、生きた人間の姿を復活させること。それこそわれわれの切なる希求である。

われわれは権威に盲従せず、俗流に媚びることなく、渾然一体となって日本の「草の根」をかたちづくる若く新しい世代の人々に、心をこめてこの新しい綜合文庫をおくり届けたい。それは知識の泉であるとともに感受性のふるさとであり、もっとも有機的に組織され、社会に開かれた万人のための大学をめざしている。大方の支援と協力を衷心より切望してやまない。

一九七一年七月

野間省一